CHRYSALIDE

La Bella e la Bestia

Adattamento di Vanessa Rubio-Barreau

basato sulla sceneggiatura di
Christophe Gans e Sandra Vo-Anh

Traduzione di Simona Brogli

MONDADORI

Gli elementi grafici e gli sfondi presenti nei risguardi e negli interni sono su licenza di Shutterstock.com: © 2014 Roobcio, © 2014 paprika, © 2014 Nikiparonak

www.mondichrysalide.it

Titolo dell'opera originale *La Belle et la Bête*
Prima edizione febbraio 2014
Stampato presso ELCOGRAF S.p.A.
Stabilimento di Cles (TN)
Printed in Italy
ISBN 978-88-04-64107-0

Prologo

Accadde un tempo o accadrà domani, forse qui o forse altrove... Come milioni di bambini ogni sera, un fratello e una sorella, al calduccio nel lettone, aspettano tranquilli la loro fiaba.

— Mamma, mamma, oggi cosa ci leggi? — chiede il maschietto dall'aria birichina.

Sotto i capelli arruffati, i suoi occhi brillano maliziosi. La giovane donna gli posa un dito sulle labbra e si siede, in mano un grosso libro rilegato in pelle. Non c'è il titolo sulla copertina, e neanche il nome dell'autore... solo una magnifica rosa rossa.

— Un po' di pazienza, Virgile! Ascoltate con attenzione, bambini... perché questa è una bellissima storia.

— Una storia di rose? — si meraviglia la bimba dai riccioli biondi.

— Di rose... e molto altro, Fanny — risponde la madre. — Sentite...

Capitolo 1

C'era una volta un ricco mercante, un uomo gentile e coraggioso il cui unico scopo nella vita, dopo la morte dell'amata moglie, era la felicità dei suoi sei figli.

Aveva tre maschi. Il più grande, Maxime, alto e robusto, amava molto divertirsi ed era sempre pronto alla zuffa. Jean-Baptiste, il secondo, preferiva la letteratura all'azione e trascorreva le sue giornate immerso tra le pagine di pesanti volumi. Il più giovane, invece, Tristan, aveva un animo più sensibile e riflessivo. Il mercante aveva anche tre figlie. Le due maggiori, Clotilde e Anne, erano estremamente frivole e passavano quasi tutto il loro tempo a scegliere gli abiti da indossare per affascinare i corteggiatori. Se le due più grandi erano facili ai capricci, la minore, al contrario, aveva un'indole dolce e gentile. Si chiamava Belle e in effetti meritava quel nome, perché era incantevole sotto ogni punto di vista: i riccioli biondi, gli occhi di un azzurro purissimo, l'incarnato di porcellana e le labbra rosee non richiedevano alcun artificio. Il carattere adorabile non faceva che dare risalto al suo splendore e, anche se il padre non osava ammetterlo, Belle era la sua preferita.

Il mercante possedeva tre navi che erano la sua ricchezza e il suo orgoglio. *La Sirena*, *Il Tritone* e *Il Leviatano* solcavano i mari di tutto il mondo, le stive cariche delle meraviglie che poi venivano rivendute.

Ma un giorno, proprio quando le navi stavano rientrando da un lungo viaggio, si alzò una terribile tempesta. Trombe d'acqua si abbatterono sui ponti. Il vento lacerò le vele e spezzò gli alberi maestri. Nel tentativo di salvare gli equipaggi, i capitani diedero ordine di abbandonare i vascelli. Mentre saltavano a bordo di scialuppe improvvisate, i marinai videro calare su di loro un'onda così alta che pareva toccare il cielo. Le tre navi e il loro carico scomparvero, inghiottiti dai flutti. I tesori risplendenti sprofondarono nelle gelide acque dell'oceano. Perduti per sempre...

Rovinato, il mercante non poté più soddisfare gli ordini ricevuti né pagare i suoi fornitori. E così arrivarono gli ufficiali giudiziari a pignorare mobili e soprammobili per rimborsare i debiti. Senza più un soldo, la famiglia dovette risolversi ad abbandonare la città e trasferirsi in campagna, lasciandosi alle spalle la grande dimora, i fedeli domestici, gli amici, le abitudini e tutto ciò che fino a quel momento aveva reso felice ognuno di loro.

Che strazio! Maxime era inferocito all'idea di doversene andare dalla città, dalle taverne e dalle avventure. Jean-Baptiste temeva che non avrebbe trovato più niente da leggere, in mezzo ai campi. Tristan non ebbe nemmeno il coraggio di salutare i suoi amici.

Ma come potete immaginare, furono Anne e Clotilde a soffrire maggiormente per quella decisione. Le due ragazze adoravano a tal punto la vita cittadina e gli abiti eleganti che la sola idea di ritrovarsi isolate in un remoto angolo di campagna le riempiva di desolazione.

Il giorno della partenza, si piazzarono sulla scalinata per impedire agli ufficiali giudiziari di passare.

Mentre uno di loro tentava di portare via una specchiera, Anne lo minacciò brandendo il ventaglio: — Posatela subito o vi cavo gli occhi.

Le due sorelle se la presero col loro povero padre.

— Papino, fate qualcosa! Questi individui senza cuore ci hanno già rubato tutti gli abiti e i gioielli. E adesso si prendono la nostra casa! — si indignò Clotilde.

Con gesto teatrale, Anne si portò la mano al petto.

— Non posso sopportarlo! Muoio!

Si lasciò cadere a terra come una bambola di pezza. Sua sorella la sollevò, gemendo: — Cosa ne sarà di noi?

— Basta con le bambinate, figliole! — le sgridò il padre. — Sbrigatevi, è ora di partire.

Fermò un uomo vestito di nero che era sul

punto di impadronirsi dei modellini delle tre navi.

— Quelli no! Li tengo io!

L'ufficiale giudiziario alzò le spalle e indicò un tavolo di marmo dalle gambe dorate.

— E questo?

Il mercante scosse la testa.

— Ma sì, fate pure. Servitevi! — ribatté in tono amaro. — Ciò che abbiamo di più prezioso lo portiamo con noi!

Poi, guardandosi intorno, aggrottò le sopracciglia.

— Dov'è finita Belle? La carrozza ci aspetta!

Anne si rialzò, arrabbiatissima.

— Belle, sempre Belle! Prestate attenzione solo a lei!

Senza rispondere, il mercante andò a cercare la figlia minore. Uscì nel cortile, dove i figli stavano caricando su una carriola le poche cose che avrebbero conservato.

— Avete visto Belle, ragazzi? — chiese l'uomo.

Maxime e Jean-Baptiste posarono un attimo il peso che trasportavano.

— No, ho idea che Belle abbia preso il volo! — replicò il maggiore in tono malizioso.

Poi sollevò di nuovo il baule, sbuffando: — Uff, come pesa! Cosa ci hai messo?

— I miei libri, i quaderni, gli album da disegno — spiegò Jean-Baptiste. — Non potevo abbandonarli.

— Ma sì, hai ragione. Se restiamo senza legna, potremo sempre bruciarli per scaldarci — scherzò il fratello.

Adèle, la balia che li aveva cresciuti tutti, abbracciò Tristan, sussurrandogli all'orecchio: — Veglia su tuo padre, piccolo mio. E non permettere a Maxime di sperperare al gioco quel po' di denaro che vi resta. Gli farà bene lasciare la città e le cattive compagnie.

Il ragazzo posò la testa sul grembiule della balia, mormorando: — Promesso! Non preoccuparti, andrà tutto bene.

Adèle gli scompigliò i capelli. Che pena veder allontanare quei bambini di cui si era presa cura come una madre, soprattutto Tristan e Belle, gli ultimi nati.

— Ehi, piano, ragazze! — protestò.

Un turbine di pizzi e sottane aveva urtato l'anziana donna. Inerpicate sui tacchi alti degli stivaletti, Anne e Clotilde attraversarono a passo di carica il cortile per salire in carrozza, nascondendo la vergogna dietro i ventagli. In effetti, una folla di curiosi si era radunata oltre i cancelli per assistere alla loro partenza. Alcuni tra i presenti, invidiosi, ridacchiavano al pensiero del rovescio di fortuna subìto da quei ricchi borghesi.

Maxime si infuriò: — Se ne sorprendo un altro a sghignazzare, assaggerà i miei pugni!

— È meglio ignorarli — suggerì Jean-Baptiste.

— Non ci farà male un po' di movimento, prima di andare a seppellirci in campagna! — insisté l'altro, alzando il pugno.

— Io invece penso che sarebbe meglio se tu ti facessi dimenticare un pochino...

— Mmm, forse hai ragione — rispose Maxime, con improvvisa serietà.

In mezzo alla calca, aveva appena intravisto una figura in cappello a cilindro che ben conosceva. Lo sguardo dell'energumeno, scortato da due tirapiedi dall'aria losca, non lo abbandonava un istante.

Maxime abbassò la testa e si affrettò ad allontanarsi insieme al fratello.

Il mercante, che fuori non aveva trovato traccia della figlia minore, sospirò con aria infelice. Rientrò in casa e percorse una stanza dopo l'altra, chiamando: — Belle! Belle!

Ma invano.

Uscì allora dalla porta sul retro, che dava sul giardino. La giovane era inginocchiata di fronte a una nicchia di pietra nella quale si trovava un busto femminile. Vi depose davanti uno splendido fiore bianco, mormorando: — Arrivederci, mamma. Mi mancherete, ma vi porterò sempre nel cuore. Per tutti noi inizia ora una nuova vita.

Il padre si avvicinò e le posò una mano sulla spalla.

— Somigli tanto a tua madre, mia piccola Belle.

La fanciulla si alzò in piedi, sorridente.

— Papà, credete che a lei sarebbe piaciuto vivere in campagna?

— L'avrebbe adorato! — affermò l'uomo.

— Piacerà anche a me, allora. Ne sono sicura.

Il padre la baciò sulla fronte.

— Ma certo. Nella nostra famiglia siamo tutti fieri e coraggiosi. Ci sosterremo a vicenda e supereremo questa prova. Come sempre, Belle.

Capitolo 2

Più o meno di buon grado, la famiglia si stabilì in una casa dal tetto di paglia, molto lontana dalla città. Abituarsi a quella nuova esistenza richiese un po' di tempo. Le prime notti, Belle restò sveglia nel suo letto ad ascoltare i rumori della natura. Ma, come aveva sperato, finì per apprezzare la tranquillità e la dolcezza della vita in campagna.

Belle faceva in modo che a nessuno mancasse nulla. Aiutata dai fratelli, aveva sistemato la casa, trasformandola in un rifugio comodo e accogliente. E riusciva anche a cucinare ottimi pasti con le verdure dell'orto, le erbe del giardino e il pollame che allevava lei stessa.

Sollevando il naso da un pentolone, gridò:
— A tavolaaa!

Ma visto che le sorelle non arrivavano, tese il cucchiaio di legno al fratello.

— Prendi, Maxime, mescola lo stufato al posto mio!

Jean-Baptiste, che era occupato a scrivere il suo primo romanzo sul tavolo di cucina, posò un attimo la penna. Si guardò la pancetta e protestò: — Sono già ingrassato, da quando siamo qui!

Continuando a mescolare, Maxime replicò: — Per forza! Passi le giornate a leggere e a scrivere. E poi, non l'hai notato? Tutti i tuoi scrittori preferiti hanno la pancia!

Nel frattempo, Belle saliva le scale chiamando: — Tristan! In piedi!

Il ragazzo uscì di corsa dalla sua camera, ancora tutto assonnato.

— Ma dormivi come un ghiro! Forza, l'ora di alzarsi è passata da un pezzo! — lo redarguì in tono gentile. — Anne! Clotilde!

Mise la testa nella stanza delle sorelle.

Seduta alla specchiera, Anne scacciava le mosche con la sua spazzola, mentre Clotilde, sdraiata sul letto, contava i segni che aveva inciso sulla parete, borbottando: — Ventinove... trenta... È un mese che siamo qui, a guardare quelle maledette bestiole che svolazzano. Moriremo di noia...

— ... o divorate dalle mosche! — dichiarò Anne, abbattendo la spazzola sul ripiano della specchiera.

— Su, su... Papà è andato in città, stamattina. Al suo ritorno, avrà senz'altro qualche storiella divertente da raccontarci — le rincuorò Belle. — Mentre aspettiamo, venite a tavola!

— No, Clotilde si sente svenire. Preferiamo mangiare qui.

— Nemmeno per sogno. Devo farvi assaggiare una nuova ricetta! — ribatté Belle. — E dopo pranzo, conto su di voi per aiutarmi nell'orto, ragazze!

— Meglio la morte — brontolò Clotilde.

Mentre Belle si allontanava lungo il corridoio, sospirò: — Quel suo eterno buonumore mi disgusta! Mi fa venire voglia di affogarla nel pozzo!

— E a me di seppellirla sotto i suoi dannati pomodori! — rincarò Anne. — Non ne posso più di verdure. Spero che papino ci porti dei dolci dalla città!

Dopo il pasto, i sei ragazzi si stavano dando da fare nel giardino secondo le istruzioni di Belle quando videro arrivare il padre al galoppo. Faceva ampi gesti, l'aria molto agitata.

La famiglia al completo si riunì in salotto per ascoltare il resoconto della sua giornata.

Il mercante misurava la stanza a grandi passi, dal tavolo al caminetto. Sorridente, cominciò a raccontare: — Ah, posso dirvi che sono stati ben contenti di rivedermi, agli Affari Marittimi! Il direttore, Dumont, è stato gentilissimo. Pare che la figlia maggiore abbia sposato un conte...

Anne e Clotilde serrarono le labbra, soffocando un gridolino di invidia.

— Ma la grande notizia...

Si interruppe per preparare la sorpresa. Con la punta delle dita, accarezzò i modellini delle tre navi che era riuscito a strappare agli ufficiali giudiziari.

— La grande notizia è che hanno ritrovato

La Sirena, la nave preferita di vostra madre! — esclamò con espressione radiosa. — Andava alla deriva lungo la costa e l'hanno ricondotta in porto!

— E il carico? — si preoccupò Maxime.

— Intatto! Figli miei, credo che siamo salvi!

Nel salotto della casetta ci fu una vera e propria esplosione di gioia.

Anne prese per mano la sorella.

— Vieni, andiamo a fare i bagagli! Anzi, no, bruciamo tutto quanto!

Clotilde eseguì qualche passo di danza e gettò le braccia al collo del padre.

— Io rivivo, papino! Mi sento rinascere!

— Non possiamo certo tornare in città in queste condizioni — constatò Anne. — Ci servono abiti nuovi, profumo...

— Facciamo un elenco! — suggerì Clotilde.

Si allontanarono sottobraccio, pigolando.

— Quella buona aria di città è nostra!

— Finalmente la vera vita!

Il mercante, l'espressione di colpo più grave, prese da parte il figlio maggiore.

— Maxime, tu verrai con me a risolvere questa faccenda. È ora che ti presenti a Dumont. Quando mi ritirerò dagli affari, tu dovrai prendere il mio posto.

— Non vi deluderò, padre — promise Maxime.

Jean-Baptiste, che come sempre stava scrivendo, sollevò il naso dal suo taccuino e si rivolse a Tristan.

— Tu ritroverai i tuoi amici... e io la mia amata biblioteca. Che felicità!

Solo Belle si teneva in disparte, seria e silenziosa.

— E tu, Belle, sei contenta? — le chiese il padre.

Lei uscì in giardino senza rispondergli.

Quando il mercante la raggiunse fuori, la trovò accovacciata nell'orto, sotto la luce fiammeggiante del sole prossimo al tramonto.

— Cosa fai, Belle?

La fanciulla si rialzò, gli mise una zucca enorme tra le braccia, poi si mise a sradicare carote.

— Mi tieni il broncio?

— Questa è bella! — brontolò lei. — Quando una ragazza è triste, dicono che tiene il broncio. Quando è allegra, le danno della pazza!

Suo padre scosse la testa.

— Ma come si fa a capirti? Tutti sono felici... tranne te!

Belle alzò le spalle, asciugandosi le mani sul grembiule di tela spessa.

— Mi sarebbe solo piaciuto restare un po' più a lungo...

— Siamo venuti in questa casa per nascondere la nostra disgrazia — cercò di farla ragionare il padre. — La nostra vita non è qui.

Belle si girò, le guance in fiamme.

— Sapete bene quanto me cosa succederà... Maxime ritroverà quei delinquenti che chiama amici. Anne e Clotilde passeranno da un ricevimento all'altro per scovare un marito. E voi... voi sarete completamente assorbito dai vostri affari!

Il mercante la prese per le spalle con delicatezza.

— Arriveremo tutti a separarci, un giorno o l'altro, Belle. Anche tu crescerai e avrai voglia di andartene. Non perché tu non ci voglia più bene. Ma solo perché sarai diventata una donna.

Belle non ebbe il tempo di ribattere perché le sue sorelle li raggiunsero ridacchiando, con pizzi e merletti agitati dal vento. Era un giorno da segnare sul calendario, perché i loro piedi delicati, calzati in eleganti stivaletti, calpestavano solo di rado la terra del giardino. Anne sventolò un elenco sotto il naso del padre.

— Ecco i regalini che dovrete portarci! Belletto color granata, polvere di riso...

— Profumo alla violetta, sali per i nervi... — proseguì Clotilde.

— E per ciascuna, un abito da giorno, un abito da sera, con gli accessori e il cappellino intonati. Una stola di pelliccia, un paio di scarpe di raso e un altro di pelle...

L'elenco continuava così per tutta la pagina.

— Non dimenticate niente, papino, mi raccomando! — insisté Anne. — Clotilde la prenderebbe molto male!

— E quanto mi costeranno, questi vostri acquisti? — si stupì il padre.

— Caro, molto caro — risposero in coro le due ragazze.

Scoppiarono a ridere, sotto lo sguardo costernato della sorella più giovane.

Il mercante si girò verso Belle.

— E tu? Cosa vorresti?

La fanciulla contemplò il giardino inondato dalla calda luce del tramonto, poi fissò un fazzoletto di terra incolta.

— Portatemi solo una rosa — disse con semplicità. — Qui non sono riuscita a coltivarle.

Anne e Clotilde alzarono gli occhi al cielo, infastidite dai modi della sorella minore.

Capitolo 3

All'alba, il mercante e il figlio maggiore partirono alla volta della città. Il pensiero di poter recuperare il tesoro della nave superstite e riprendere l'attività li colmava di speranza. Ma niente andò come avevano previsto.

Trovarono *La Sirena* ormeggiata in porto. Stormi di gabbiani volteggiavano intorno agli alberi spezzati lanciando le loro grida sinistre. C'era un gran movimento di marinai, che andavano e venivano per ammassare il carico sulla banchina dove gli ufficiali giudiziari redigevano zelanti un elenco dettagliato delle merci.

Quando Maxime e suo padre vollero salire a bordo, vennero fermati: — Altolà! Nessuno ha il permesso di interrompere l'inventario.

— Ma insomma! È pur sempre la mia nave! — protestò il mercante.

— Non toccate quelle casse! — ringhiò Maxime. — Sono nostre!

Avvertito dal chiasso, Dumont, il direttore degli Affari Marittimi, accorse in tutta fretta.

— Calma, calma! Venite! Ci spiegheremo dentro.

Li fece salire nel suo ufficio che sovrastava il porto. L'atmosfera ovattata di quella stanza rivestita di pannelli in legno e ornata di tappeti persiani fu spezzata dal mercante, che esplose, infuriato: — Mi trattano come una nullità qualunque, mentre senza di me questo posto sarebbe solo un infimo porticciolo di pescatori!

Dumont allargò le braccia, conciliante.

— Avete avuto poco buonsenso, mio povero amico. Non avreste mai dovuto firmare tutte quelle lettere di credito. Ormai le merci appartengono di diritto alle persone con cui eravate indebitato.

— E voi lo permettete! — si indignò il mercante. — Non fate il superiore con me, Dumont! Dovete aver dimenticato che è merito mio se avete ottenuto questo incarico.

Il direttore lo squadrò con un'occhiata gelida.

— Mio caro, avete dunque perduto lo stile, insieme alla vostra fortuna?

Maxime, che fino a quel momento era rimasto in disparte, non riuscì più a trattenersi.

Afferrò Dumont per il collo e lo minacciò: — Mancate ancora di rispetto a mio padre e lo rimpiangerete.

Il mercante si intromise: — Non arrabbiarti così, Maxime. La violenza non risolve niente.

Con un gesto brusco, il giovane lasciò andare il direttore, che vacillò, rosso in viso.

— Non capite, padre? Non avete più alcun potere, alcuna ricchezza! Vi comportate da gran signore, ma non siete più niente! Mi fate pena!

E su quelle parole si diede alla fuga, lasciando lì il mercante, sbigottito. Una volta ripresosi dallo stupore, l'uomo volle raggiungerlo. Si precipitò fuori dall'edificio degli Affari Marittimi, urlando: — Maxime! Maxiiime!

Ma il giovane era già sparito nel dedalo di viuzze del porto.

Il padre andò a cercarlo. Per colmo della sfortuna, aveva cominciato a nevicare. Con la testa incassata nelle spalle e stringendosi sotto il mento il colletto del pastrano, l'uomo affrontò le raffiche gelide per setacciare quel quartiere malfamato.

Credendo di riconoscere il nome dipinto sull'insegna di una taverna, si fermò davanti ai vetri appannati.

Esitò un momento prima di entrare, perché non era proprio abituato a frequentare quel genere di locali.

Quasi tutti i tavoli erano occupati da marinai alticci che parlavano a voce alta alzando i loro boccali di birra. Al piano di sopra, dietro una balaustra di legno scuro, una giovane donna, il cui incarnato pallido risaltava nella cornice di lunghi capelli bruni, leggeva le carte a un uomo dal viso sfregiato.

— Vedo... vedo un fiume d'oro sotto una luna di smeraldo... Il destino ti sorride, Perducas.

L'uomo chiamato Perducas brindò con i suoi compagni, un branco eterogeneo composto da figuri che portavano cappelli a larga tesa e grossi cinturoni di pelle.

— Ah, ve l'avevo detto che saremmo diventati ricchi, pidocchiosi che non siete altro!

Nel frattempo, il mercante si aprì un varco nella sala per rivolgersi all'oste che si trovava dietro il bancone.

— Buongiorno, amico. Cerco mio figlio. Mi pare che venga spesso da voi...

L'uomo lo squadrò, sorpreso.

— Cliente fisso di questa topaia? Allora vi compiango! E si chiama, il ragazzo?

— Maxime de Beauffremont.

Non appena ebbe pronunciato quel nome, l'intera taverna si immobilizzò. Nella sala calò un silenzio di morte.

— Avreste dovuto parlare più piano — bisbigliò il locandiere. — Adesso mi toccherà farvi uscire da dietro.

— Ma... io voglio ritrovare mio figlio!

— Purtroppo non siete il solo.

In alto, Perducas posò il bicchiere sul tavolo con un colpo secco e si alzò. Sfiorò il collo della veggente, mormorando: — Ti saluto,

Astrid. La tua bellezza e i tuoi presagi mi fanno girare la testa!

— Aspetta, non ho finito...

— Spiacente, ma gli affari mi chiamano.

Afferrando bastone e cilindro, lasciò la ragazza a scoprire da sola l'ultima carta, e scese la scala, tallonato dai suoi accoliti.

Il locandiere implorò il mercante: — Presto, passate dietro il bancone!

Troppo tardi. Perducas e la sua banda l'avevano già accerchiato. Il giovane malvivente fece roteare il bastone.

— Signor de Beauffremont! Che coincidenza! Sono mesi che cerco Maxime... ed ecco che inciampo sul suo vecchio padre.

Eretto e dignitoso, il mercante gli tenne testa.

— Non ho l'onore di conoscervi, mi pare... voi siete?

Togliendosi il cappello, il bandito gli fece un profondo inchino.

— Perducas, per servirvi! Mi offendete. E dire che credevo di essere famoso in tutta la città. Ma è pur vero che voi non vivete più qui. Dov'è che vi nascondete?

— Noi non ci nascondiamo, signore — obiettò il mercante.

Perducas sollevò un lembo della giacca, scoprendo il lungo coltello infilato alla cintura.

— Il vostro rampollo mi deve una piccola fortuna. Adesso voi e io ci mettiamo d'accordo e dimentichiamo la questione, che ne dite?

— Mio figlio non frequenta le canaglie della vostra risma.

Il mercante prese di tasca alcune monete e le gettò sul bancone, verso il locandiere: — Servite loro da bere, così non ci disturberanno!

— Ma bene! Questo tipo ci prende per dei mendicanti! — si infuriò Perducas. — Gli insegneremo noi...

I banditi estrassero le armi. Il mercante indietreggiò, ma era circondato da ogni parte. Le lame brillavano minacciose nella penombra della taverna.

Il locandiere prese un vecchio fucile da sotto il bancone. Lo puntò dritto alla fronte del capo della banda, ringhiando: — Non voglio niente del genere, qui da me. Non ci tengo ad avere noie. Lascia in pace quest'uomo, Perducas.

Questi fece un passo indietro, lo sguardo scintillante di rabbia.

Il locandiere si girò verso il mercante: — Voi, filate via! Presto!

Con la sua spingarda, tenne sotto tiro Perducas per dare all'uomo il tempo di passare dietro il bancone, attraversare il magazzino e fuggire nel cortile di servizio da una porta nascosta.

Alle sue spalle, risuonò la voce carica d'odio del bandito: — Non preoccuparti, ti ritroverò Beauffremont.

Fuori, la neve ammantava la città di un velo grigio e ghiacciato. In preda al panico, il mercante corse al suo cavallo, inciampando sul selciato scivoloso. Temendo di essere seguito, si appiattì per un attimo in un angolo per gettare un'occhiata ansiosa da sopra la spalla. Nessuna traccia dei banditi...

Con il cuore che gli batteva forte, montò in sella in tutta fretta e partì al galoppo, sfidando il vento, il freddo e la tristezza. Chissà cosa ne era stato di Maxime... Lo immaginava a vagare per i bassifondi. O peggio, disteso in una viuzza tetra, morto.

Capitolo 4

Mentre il mercante abbandonava la città e si addentrava nelle campagne, i fiocchi di neve cadevano sempre più fitti, formando una cortina bianca davanti ai suoi occhi. Il cavallo faticava ad avanzare, per via degli zoccoli che slittavano sul terreno gelato. I rami degli alberi si piegavano sotto la neve e non si vedeva nemmeno più la strada. Dopo ore di cammino affannoso in quel mondo tutto bianco, l'uomo si accasciò sulla sua cavalcatura. Stremato e intirizzito, aveva appena la forza di tenersi in sella.

A un certo punto, nei boschi risuonò un mostruoso ululato. Il mercante si raddrizzò di colpo, giusto in tempo per scorgere la sagoma di un animale che zigzagava tra gli alberi. Il cavallo, terrorizzato, si impennò. Tornato bruscamente in sé, l'uomo si sforzò in ogni modo di riprendere il controllo del destriero, ma questo, colto dal panico, si imbizzarrì. Partì al galoppo e, nella sua folle corsa, precipitò giù da un pendio ghiacciato.

Rialzandosi a fatica in mezzo ai rovi e ai rami spezzati, il mercante si accorse che il cavallo si era rotto le zampe anteriori. I fianchi si sollevavano a scatti, soffriva le pene dell'inferno.

Sconvolto, gli accarezzò il muso tra i singhiozzi: — È colpa mia! Perdonami, sono costretto a lasciarti qui. E non ho nemmeno un'arma per abbreviare il tuo supplizio.

Il cavallo chiuse gli occhi.

Il suo padrone, abbattuto, ripartì a piedi dopo avergli gettato un ultimo sguardo. Era l'unica cosa da fare se non voleva morire di freddo. Il lungo ululato animale riecheggiò un'altra volta. Alle sue spalle, l'uomo sentì il cavallo lanciare nitriti terrorizzati. Si mise a correre, chino in avanti, lottando contro il vento e la neve che gli sferzavano il viso.

All'improvviso, più in basso, intravide un bagliore tra i rami. Colto da una pazza speranza, si slanciò nel buio: — Casa! Casa!

Cominciò a correre dritto davanti a sé, ma purtroppo, nella foga, gli mancò il terreno sotto i piedi e piombò in un burrone ghiacciato. Ebbe l'impressione di precipitare per un'eternità in un baratro senza fondo. Ma proprio quando credeva che fosse giunta la sua ultima ora e già si vedeva con tutte le ossa sfracellate, la sua caduta fu attutita da uno spesso tappeto di erba soffice.

Disteso sulla schiena, ci mise un po' a riprendersi. Intontito, seguì con lo sguardo il nugolo di lucciole che volavano sopra la sua testa, puntini luminosi che brillavano nella notte come se lo invitassero a seguirli.

Si rimise in piedi a fatica, e scoprì di trovarsi in un misterioso giardino dalla vegetazione lussureggiante. Mentre la foresta che aveva appena lasciato era bianca di brina, immersa nel suo sonno invernale, quel parco sembrava conoscere un'eterna primavera.

Il bagliore che prima aveva solo intravisto pareva ormai vicinissimo. Si diresse da quella parte, borbottando: — No, questa non è casa mia...

Alla svolta di un viale, si ritrovò di fronte a una enorme testa di pietra che spuntava dai cespugli fioriti. Più in là, una mano emergeva dalla terra, quasi ci fosse un gigante sdraiato sotto il prato. Che luogo straordinario!

Sempre scortato dalle lucciole, il mercante proseguì nella sua esplorazione. Guidato dal chiarore, risalì un viale che conduceva a un castello maestoso. La cupola, la facciata, le cornici delle finestre erano scolpite con tale finezza che parevano guarnite da un pizzo di pietra. La luce che l'aveva attirato brillava sulla sommità di un'alta torre quadrata.

Attraversò un ponte che passava sopra una voragine abissale, poi spinse il monumentale portone rosso, rimasto socchiuso.

— C'è nessuno? — gridò quando si trovò nel vasto atrio.

Gli rispose solo l'eco della sua voce. Le volte riccamente ornate e il pavimento di marmo intarsiato permettevano di immaginare lo splendore di un tempo, ma il posto sembrava ormai abbandonato. I rosai selvatici ne avevano fatto il loro regno, invadendo pavimenti, pareti e soffitti con i loro arabeschi spinosi.

Intimidito, il mercante proseguì farfugliando: — Mi sono perduto... e visto che era aperto...

Proprio davanti a lui, una porta ruotò sui cardini con un cigolio sonoro. L'uomo avanzò pian piano ed entrò in un'immensa sala da pranzo. Le pareti erano così alte che il soffitto, sostenuto da pilastri di pietra a tortiglione, si vedeva appena. Sul fondo si ergeva un caminetto colossale, incorniciato da una sorprendente scena di caccia scolpita: leoni dagli occhi di rubino tenevano tra gli artigli cervi dalle corna d'oro.

Il mercante si immobilizzò, preso dal panico.

Qualcosa si era appiattito nell'ombra...

Sentiva movimenti e mormorii tutto intorno.

— Chi è là? — chiese.

D'un tratto, un candeliere si accese, illuminando un tavolo così lungo che l'estremità si perdeva nell'ombra. Poi se ne accese un altro, un po' più lontano, rivelando con la sua luce una grande piatto colmo di pasticci di carne ancora fumanti.

Il mercante si avvicinò, allettato dal loro profumo. Prese una forchetta... e per poco non la lasciò cadere dalla sorpresa: era d'oro, incastonata di diamanti!

— Sto sognando! — esclamò. — Oppure sono morto e questo è il paradiso!

Come per accertarsene, si punse le dita e fece una smorfia.

— No, sono vivo eccome. E affamato!

Piantò la forchetta in un pasticcio. Dopo un attimo di esitazione, lo addentò voracemente.

— Mmm, che delizia!

Ne divorò parecchi uno dietro l'altro, scusandosi a voce alta con il padrone o la padrona di casa: — Mi permetto di fare un piccolo spuntino, spero che non me ne vogliate. Ho una fame! Ed è tutto così appetitoso...

Si accesero altre candele, svelando cesti pieni di frutta perfettamente matura, piatti carichi di pietanze prelibate, caraffe di cristallo cangiante.

Si versò un bicchiere di vino, lo assaggiò e fece schioccare la lingua prima di vuotarlo in un sorso.

— Gustoso!

A mano a mano che procedeva lungo il tavolo, i candelieri alle sue spalle si spegnevano e altri davanti a lui si accendevano, come per magia.

In realtà, nel buio, decine di minuscole creature si affaccendavano per presentargli il resto del menu. Una inciampò e fece cadere un piatto con gran fracasso.

Il mercante si girò, il fiato corto. Si chinò sotto il tavolo per cercare di scorgere i suoi servitori, ma quelli si dileguarono in un lampo, nascondendosi dietro le gambe scolpite a forma di zampe di leone.

Raddrizzandosi, l'uomo vacillò, colto da un capogiro. Le creature ebbero appena il tempo di spingere una poltrona dietro di lui per farlo sedere.

— Chiedo scusa, credo che il vino mi abbia dato un po' alla testa. Ma non preoccupatevi, me ne vado tra un momento.

Mentre riposava, un lampadario si accese di colpo all'altro capo della stanza. Nella sua luce dorata, il mercante intravide due grandi bauli decorati. Spinto dalla curiosità, si avvicinò e ne alzò il coperchio.

Fu un vero colpo!

Con mano tremante, trasse di tasca l'elenco di Anne e Clotilde. Frugò nei bauli e fece l'inventario del loro contenuto, scorrendo il foglio con lo sguardo.

— ... gli abiti... gli scialli... i belletti... c'è tutto quello che mi hanno chiesto le mie figlie! — esclamò. — Insomma, quasi... manca solo la rosa per Belle!

Proprio in quel momento, un nitrito risuonò alle sue spalle.

Il mercante si girò di scatto. Quale non fu la sua sorpresa nel veder arrivare il suo cavallo, le zampe fasciate, miracolosamente guarito! Scalpitando impaziente, l'animale venne a piazzarsi accanto ai bauli.

Il suo padrone gli diede qualche colpetto sul collo.

— Eccoti qua! Ma chi ti ha curato? E io che pensavo di non rivederti più! Non so da dove arrivi questa magia... L'unica cosa di cui sono sicuro è che bisogna prendere le occasioni al volo, quando si presentano. Porteremo a casa questi doni sontuosi. Le ragazze ne saranno molto contente, che dici?

Sempre mormorando all'orecchio del cavallo, fissò un baule su ciascun lato della sella, poi prese la briglia per guidarlo fuori dal castello.

Giunto alla porta, gridò nell'oscurità: — Siate benedetto, mio gentile ospite, vi ringrazio per la vostra generosità.

Come per incanto, le lucciole tornarono per illuminargli la strada attraverso il parco.

Prima di uscirne, il mercante intravide all'angolo di un viale un rosaio imponente, alto parecchi metri e carico di fiori l'uno più splendido dell'altro. Individuò quello più bello di tutti e tese la mano per coglierlo. Ma il fiore resisteva, così insisté, nonostante le spine che gli graffiavano la mano. Alla fine, lo staccò con un colpo secco.

Nell'attimo stesso in cui il gambo si spezzò, la terra cominciò a tremare e i rami si aprirono. Un colossale volto di pietra spuntò dal centro del cespuglio di rose. La bocca ricoperta di muschio si schiuse in un grido straziante.

Terrorizzato, il mercante indietreggiò mentre davanti ai suoi occhi si ergeva un gigante di pietra. Sulla spalla aveva una creatura che era per metà uomo e per metà bestia. Al chiaro di luna, la sagoma terrificante di quell'essere si stagliava contro il cielo notturno.

— In ginocchio! — ordinò.

La sua voce era al tempo stesso morbida e profonda, simile al ruggito di una tigre. Il suo sguardo fosforescente risplendeva nel buio.

Il mercante, paralizzato dalla paura, balbettò: — Cosa... Chi siete? Ho creduto che questi bauli...

— Quell'abbondanza di regali non ti bastava, dunque? Dovevi derubarmi, profanare ciò che ho di più sacro. In ginocchio, ho detto!

Lentamente, il pover'uomo atterrito posò un ginocchio a terra. Stringeva la rosa così forte nella mano che il fiore perse un petalo. Proprio in quel momento, la bestia mostruosa balzò su di lui e lo bloccò a terra sotto le sue enormi zampe dai lunghi artigli. Il mercante voltò la testa da una parte, non osando sostenere il suo sguardo incandescente.

— Non permetto a nessuno di trattarmi da ladro o da vile — si difese. — Io... io sono un uomo retto e perbene.

— Davvero? — replicò la Bestia. — Allora morirai in piedi, da uomo onesto.

— Morire per una rosa? È proprio vero che la sfortuna si accanisce contro la mia famiglia — gemette.

La Bestia alleggerì un poco la pressione sul petto del mercante e chiese: — Per chi era, quella rosa?

— Per la più giovane delle mie figlie. La mia preziosa Belle...

— Ti concedo una giornata per dire addio ai tuoi cari — decretò la Bestia. — Poi tornerai qui per subire il tuo castigo.

L'uomo scosse la testa, rifiutando quella tragica sorte.

— Pensi forse di avere scelta? — si meravigliò il suo avversario.

— No, no... è che... non posso abbandonare i miei figli.

Senza lasciarsi commuovere, la Bestia continuò: — Ti basterà sussurrare all'orecchio del tuo cavallo "Più di ogni cosa al mondo" e lui ti riporterà qui.

Il mercante chiuse gli occhi, ripetendo ostinato: — No, no... impossibile, non tornerò.

La Bestia gli premette sulla gola la zampa dalle unghie affilate e gli bisbigliò all'orecchio: — Tornerai, credimi. Se non sarai qui domani alla stessa ora, io sterminerò la tua famiglia. Moriranno uno alla volta. E concluderò con la più giovane delle tue figlie, dal momento che è la tua preferita... Ricorda: una vita per una rosa... Una vita per una rosa...

La sua voce ovattata finì per confondersi col mugghiare del vento, e il mercante perse i sensi...

Capitolo 5

Quando riprese conoscenza, il mercante si ritrovò nella foresta coperta di neve, in piena tormenta. Stringeva ancora in mano la famosa rosa rubata. Quel maledetto fiore e i bauli legati ai fianchi del cavallo gli dimostravano che non aveva sognato. Al contrario, l'incubo che aveva vissuto era più che reale. Non gli restava che tornare a casa e dare il fosco annuncio ai suoi figli. Avvolse la rosa nel fazzoletto e se la fece scivolare in tasca.

Scoraggiato, si guardò intorno. Tra gli alberi bianchi di brina, scorse in lontananza alcune luci che si muovevano. Si diresse da quella parte e riconobbe la voce dei figli: — Padre! Padre!

Con Maxime in testa, erano venuti a cercarlo muniti di lanterne, sfidando il vento e la tempesta. Che sollievo! Almeno Maxime era rientrato dalla città prima di lui, sano e salvo.

— Figli miei! Figli miei! Sono qui! — urlò.

Dopo essersi riabbracciati tra la commozione generale, il mercante e i tre ragazzi tornarono rapidamente al calore della casetta.

Nonostante l'ora tarda, la famiglia si riunì in salotto. Maxime aveva riferito ai fratelli che il carico della nave era stato sequestrato, ragion per cui, detto in poche parole, erano ancora in miseria. Rimasero perciò tutti sorpresi nel vedere i due bauli che il padre aveva portato con sé. Per il poveretto fu un autentico supplizio doverli informare della terribile verità.

Maxime, in preda a una profonda agitazione, camminava su e giù davanti al tavolo su cui il mercante aveva posato la fatidica rosa.

— Insomma, padre, la vostra storia non sta in piedi! Un mostro, un fiore magico... Ma esistono solo nelle fiabe!

— Anche la frase che dovrebbe permettervi di tornare al castello della creatura... — continuò Jean-Baptiste. — "Più di ogni cosa al mondo." La si direbbe uscita da un libro per bambini.

— Allora questo come lo spiegate? — ribatté il mercante.

Aprì i bauli, svelandone il prezioso contenuto: gli abiti, i cappelli, i cosmetici...

Anne e Clotilde erano distrutte. Sotto i loro occhi si dispiegava tutto ciò che avevano sognato... ma non potevano rallegrarsene perché ne avrebbero pagato il prezzo con la vita del padre!

— È colpa nostra! — gemette Clotilde. — È tutta colpa nostra...

— Non dire idiozie — la interruppe Anne. — Non sei tu quella che ha chiesto una rosa!

Jean-Baptiste tentò di calmarle: — Su, su, non è colpa di nessuno.

— Sì, invece! La colpa è di Belle, sempre di Belle — si intestardì Anne, fissando incollerita la sorella minore.

Il mercante si alzò per porre fine alla discussione.

— Tacete. Non so spiegarvi chi sia quella bestia o da dove tragga i suoi poteri. Ma ho rubato la rosa, e per questo, tra qualche ora, dovrò tornare là.

— E cosa ne sarà di voi? — si preoccupò Tristan.

— Lo ignoro, piccolo mio — rispose il mercante. — La Bestia ha detto solo "Una vita per una rosa..."

— E se non gli ubbidiste? — insisté il ragazzo.

Con espressione grave, il padre li guardò a uno a uno.

— Allora moriremo tutti.

Belle, più pallida di un cadavere, si avvicinò alla rosa. Rimase a contemplarla senza una parola, poi corse via.

Il mercante la seguì per le scale. La trovò che si preparava in camera sua.

— Belle, insomma, cosa fai?

— Non dite niente. So quello che pensano tutti. Che la mamma è morta nel darmi alla luce, e ora...

Suo padre scosse la testa.

— Smettila con queste sciocchezze!

— Non voglio essere responsabile anche della vostra morte — dichiarò la fanciulla.

Finì di prepararsi, legandosi decisa i capelli con un nastro bianco.

Dopodiché, uscì dalla stanza sbattendo la porta. Il mercante volle seguirla, ma non ci riuscì, l'aveva chiuso dentro! Picchiò il battente di legno.

— Belle! Belle! Ti ordino di tornare qui! No, non farlo, bambina mia!

Sotto lo sguardo incredulo dei fratelli, Belle attraversò il salotto di corsa, si gettò un mantello sulle spalle e uscì di casa, gridando loro: — Non dimenticate di volermi bene!

Nel cortile della casetta, inforcò il cavallo di suo padre e partì al galoppo.

— No, Belle! Torna qui!

La fanciulla si girò per l'ultima volta e vide il mercante in lacrime sui gradini dell'ingresso. L'uomo fece per lanciarsi all'inseguimento, ma i figli lo trattennero e lui cadde in ginocchio nella neve.

Belle spronò la sua cavalcatura, sussurrandole all'orecchio: — Guidami al castello. Portami da quella bestia perché possa salvare la vita di mio padre. È ciò che desidero... *più di ogni cosa al mondo.*

Sentendo pronunciare la formula magica, il cavallo lanciò un nitrito e raddoppiò gli sforzi. I suoi zoccoli martellavano il terreno a una tale velocità che l'animale pareva quasi volare, sollevando nuvole di neve farinosa. Gli alberi, i cespugli, l'intera foresta si scostavano al suo passaggio.

Belle si teneva aggrappata al collo del cavallo, la testa bassa per evitare i rami che le sferzavano il viso. Un nastro, strappato nella corsa, restò impigliato tra i rovi.

Giunto davanti a un immenso dirupo di pietra e di ghiaccio, il cavallo spiccò un balzo spettacolare e si infilò in una fenditura. Quando toccò di nuovo terra, i suoi zoccoli non calpestavano più la neve, ma un fitto manto di erba verde.

Capitolo 6

Non dovendo più temere i rami bassi degli alberi, Belle poté rimettersi dritta in sella. Avanzò al passo, addentrandosi in un parco misterioso, avvolto nella foschia. Vi regnava un grande silenzio, come se la nebbia soffocasse anche il minimo rumore.

Rabbrividendo di paura e di freddo, Belle smontò da cavallo. La corsa sfrenata attraverso la foresta le aveva arruffato i capelli e strappato il mantello, ora costellato di foglie secche e ramoscelli.

Come suo padre prima di lei, la fanciulla scoprì i giganti di pietra mezzi sepolti tra i cespugli di fiori. In fondo al parco, rischiarato dalle prime luci dell'alba, vide il castello maestoso. Alzò gli occhi verso la torre più alta, certa che la Bestia la stesse osservando dalla finestra della sua stanza.

Ricalcando i passi del padre, Belle attraversò il ponte, spinse il portone ed entrò. Il castello era immerso nella penombra, deserto e silenzioso, quasi dormisse. Tutte le porte erano chiuse. Una coltre di bruma, fredda e grigia, penetrava ogni angolo e contribuiva alla desolazione di quei luoghi. Un solitario raggio di luce le indicò uno scalone di pietra. Riecheggiò una voce: — Una vita per una rosa!

Belle salì i gradini, uno dopo l'altro, ammirando gli arazzi dai colori sbiaditi che ornavano le pareti, ricordo di un passato splendore. I rosai selvatici si confondevano ormai con i motivi floreali della tappezzeria, al punto che la fanciulla faticava a distinguere il falso dal vero. Non poteva immaginare che, tra i ricami in seta di liocorni e altre chimere, si nascondeva la Bestia, appiattita nell'ombra.

La creatura la seguì in silenzio, poi si afferrò ai rampicanti per scalare la parete, senza mai distogliere lo sguardo da Belle.

Una volta in cima allo scalone, la fanciulla sbucò in una galleria il cui pavimento era cosparso di foglie morte e petali di rosa. Aveva mosso giusto qualche passo quando la porta che aveva appena varcato si richiuse improvvisamente alle sue spalle con un tonfo. Belle sussultò, tornò indietro e tentò di abbassare la maniglia, ma era bloccata.

— Vieni da me! — ordinò la voce.

Come per incanto, in fondo alla galleria si aprì un'altra porta, e alla fanciulla non restò che avanzare.

Entrò quindi in una stanza a tal punto invasa dalle piante selvatiche da avere più l'aria di una serra che di una camera.

Scossa da un brivido, Belle si strinse nei lembi del mantello strappato. Subito, un fuoco si accese nel caminetto. Le fiamme ondeggianti rischiararono l'ambiente con una morbida luce ambrata, dissipando il velo di foschia che oscurava ogni cosa. La stanza apparve d'un tratto calda e accogliente. Magnifiche vetrate lasciavano filtrare la luce come quelle di una serra.

Vicino alla specchiera c'era un manichino vestito di un sontuoso abito di seta color avorio dai riflessi iridati. Belle non aveva mai visto niente di simile: le maniche a sbuffo si restringevano in un gioco di pieghe di un'eleganza squisita, la scollatura scopriva ampiamente le spalle. Incantata, si avvicinò per sfiorare la stoffa con la punta delle dita, ma poi si fermò, per paura di sporcarla.

Scorgendo una vasca scavata in un gigantesco blocco di ametista, vi immerse le mani graffiate. Che stupore nel vedere le scalfitture attenuarsi… fino a sparire del tutto!

Come potete immaginare, Belle era combattuta. Stupita dalla magia che sembrava animare il castello. Terrorizzata al pensiero di incontrarne il proprietario e conoscere la sorte funesta che aveva promesso a suo padre.

Si sedette alla specchiera per spazzolarsi i lunghi capelli, poi indossò lo splendido abito bianco che sembrava fatto apposta per lei. Si preparò con cura, convinta che quella sarebbe stata l'ultima serata della sua vita.

Mentre all'esterno fiammeggiavano gli ultimi bagliori del tramonto, con un nodo alla gola riprese la strada che aveva percorso quel mattino. Scese lo scalone di pietra tenendo sollevata con una mano la gonna di seta, i riccioli d'oro che le ricadevano sulle spalle nude. Aveva il portamento altero di una principessa. Un'imponente porta a due battenti si aprì di fronte a lei, rivelando una sala da ballo deserta. L'ambiente, che in passato doveva essere stato incantevole, ora sembrava triste e malandato. I grandi lampadari erano spenti, gli strumenti musicali abbandonati in un angolo sul pavimento opaco. Quella desolazione era l'eco della sua infelicità.

Quando l'orologio batté il primo colpo, Belle era già rassegnata a morire. Mentre attraversava la pista da ballo, un rumore più forte, ancor più assordante di quei tocchi ritmati, prese a risuonare in tutto il suo essere: il battito del suo cuore.

Al settimo colpo, Belle sollevò i veli ondeggianti che la separavano dalla stanza vicina, la sala da pranzo.

Che contrasto! Il tavolo, apparecchiato per

un'infinità di invitati, traboccava dell'argenteria più raffinata, dei cristalli più scintillanti che avesse mai visto.

Belle fece per avvicinarsi, ma si immobilizzò di colpo. Aveva intravisto sul pavimento di marmo l'ombra della Bestia, sagoma colossale e terrificante, che la seguiva passo passo. Senza il coraggio di voltarsi, si presentò: — Mi chiamo Belle. Sono la figlia del mercante. Sono venuta a offrirvi la mia vita in cambio della sua.

— Siediti — ordinò la Bestia con voce grave.

La fanciulla ubbidì, tremante. Lacrime silenziose le scendevano lungo le guance.

Qualcuno le posò sulle ginocchia un fazzoletto di pizzo. Abbassando lo sguardo, Belle ebbe appena il tempo di scorgere una piccola zampa ricoperta di pelliccia vellutata mentre scompariva rapida sotto il tavolo.

— Mangia! — ordinò la Bestia, sempre alle sue spalle.

La fanciulla portò un pezzetto di pane alle labbra.

— Quando avrai recuperato le forze — riprese la Bestia con la sua voce al tempo stesso morbida e profonda — potrai andare dove vuoi, nella mia tenuta. Ma al calare della notte, ti proibisco di uscire dal castello...

— Passeggiare non mi interessa. Dal momento che devo morire, tanto vale farla finita al più presto — lo interruppe Belle.

— Sei più coraggiosa di tuo padre — commentò la Bestia.

Belle stava per ribattere, ma un brontolio animalesco risuonò al suo orecchio.

— Ogni sera, alle sette precise, dovrai essere qui.

La Bestia si chinò su di lei. Belle si irrigidì sentendo i suoi baffi punzecchiarle la nuca e le spalle.

— Non pensare nemmeno di fuggire: la foresta si richiuderebbe su di te, e moriresti di paura e di freddo. Inoltre, non dimenticarti che so dove trovare la tua famiglia...

Terrorizzata, Belle tenne lo sguardo fisso davanti a sé, in lacrime. E così era prigioniera, in balìa del suo carceriere. Quell'abito di seta, quelle forchette d'argento, quei piatti di porcellana finissima, la sala da ballo, la sua camera... tutte quelle ricchezze non erano nient'altro che una gabbia dorata.

Mentre la dura realtà si faceva lentamente strada dentro di lei, Belle si tese di colpo. Aveva visto il riflesso della Bestia nella caraffa di cristallo, il muso da belva, le labbra umide e cascanti. Presa dallo spavento, si voltò di scatto impugnando un coltello... ma la Bestia era scomparsa!

Belle sospirò. Quel pelo scuro, quella voce roca... Che creatura mostruosa! Un essere senza cuore che voleva trattenerla lì per suo diletto, privandola della famiglia.

Attraversò la sala da pranzo, guardandosi cautamente intorno. Quasi correndo, salì l'imponente scalone. Per la prima volta nella sua vita, avrebbe trascorso la notte lontana dai suoi cari. Si sentiva così sola...

Capitolo 7

Quando aprì la porta della sua stanza, Belle ebbe la sorpresa di vedere che il letto era stato preparato. La trapunta scostata lasciava indovinare un morbido guanciale.

La fanciulla si guardò intorno: nessuno. Dov'era andata la domestica che aveva allestito tutto questo? Eppure, aveva creduto di sentire un mormorio.

Si inginocchiò, giunse le mani e si mise a

pregare sottovoce: — Cara mamma, stasera ho avuto tanta paura. Veglia su papà e sui miei fratelli. Fa' che non mi dimentichino mai. Il tuo amore mi dia coraggio e mi protegga.

Sfinita da tutte quelle emozioni, non ebbe neppure la forza di spogliarsi. Si arrampicò sull'alto letto, si rannicchiò sotto la trapunta e si addormentò completamente vestita. Come per magia, le candele si spensero una dopo l'altra.

Non appena Belle ebbe chiuso gli occhi, alcune piccole creature pelose uscirono dal loro nascondiglio e si disposero in cerchio intorno al letto per ammirarla. Nella penombra, i loro grandi occhi brillavano di una luce calda, come altrettanti lampioni. Le creature sembravano intimorite, ma la più coraggiosa saltò sulla specchiera per impadronirsi di qualche capello biondo rimasto sulla spazzola della fanciulla.

Nel parco del castello, una brezza leggera accarezzava i prati, muoveva le foglie e increspava l'acqua nelle vasche delle fontane. La natura mormorava una dolce melodia. Puntini luminosi nella notte, le lucciole svolazzarono sino alla finestra della bella addormentata. Una di loro le si posò sulla fronte...

La fanciulla si agitò nel sonno, in preda a un sogno inquietante.

Belle si vedeva correre, correre, correre attraverso il castello immerso nelle tenebre. Poi, svoltando su un corridoio, si immobilizzò di colpo... una cerva dorata la fissava con grandi occhi orlati di lunghe ciglia.

L'apparizione si dissolse in una nuvola di lucciole che poi si dispersero. Seguendole, Belle raggiunse una galleria interminabile dal chiarore abbagliante.

La luce veniva da uno specchio altissimo sulla cui cornice era scolpito un motivo di cervi. La sua superficie ondeggiava come l'acqua di uno stagno. Quando Belle vi posò lo sguardo, scorse il castello al tempo del suo lontano splendore: gli arazzi alle pareti avevano ancora i loro colori brillanti, i corridoi pullulavano di armigeri e di servitori carichi di vassoi di cibo. Al posto del suo riflesso, Belle vide una giovane donna con gli occhi a mandorla e la pelle del colore del miele. I capelli biondi erano acconciati in una lunga treccia che le arrivava fino alla vita. Il portamento regale e l'abito ricercato, fatto di una seta bruna dai riflessi dorati, suggerivano che potesse trattarsi solo di una principessa.

Attraverso lo specchio, Belle seguiva le sue mosse come fosse a teatro. La fanciulla sembrava in preda a una profonda emozione.

— Arrivano! Arrivano! — gridava, precipitandosi giù per lo scalone di pietra, tallonata dalla sua dama di compagnia.

Due armigeri aprirono il portone, lasciando entrare una muta di cani da caccia che si riversarono guaendo nell'atrio.

Uno dei cani saltò in braccio alla principessa e le nascose il naso umido nell'incavo del collo. Lei gli accarezzò affettuosamente la testa, poi lo rimise a terra.

Un giovane fece il suo ingresso, un principe, vestito di un farsetto di velluto rosso scuro. Portava sulle spalle un enorme cinghiale. Tre compagni di caccia lo seguivano a ruota, anch'essi carichi di selvaggina.

Alla vista degli animali morti, il sorriso della principessa svanì. Il principe la abbracciò, con l'intenzione di baciarla, ma i suoi amici si frapposero tra i due per separarli.

— No, no, no! Niente cerva, niente ricompensa! — dichiarò uno di loro.

La principessa, livida, respinse il principe.

— Non hai ancora abbandonato quella caccia insensata, dunque? — gli chiese in tono di rimprovero.

Senza accorgersi del pallore della sua diletta, il principe sospirò: — Sono anni che mi sfugge! Ma io non dispero. Sarà il mio più bel trofeo... dopo di te, certo! Étienne, Thierry e Louis mi hanno fatto un regalo, guarda.

Estrasse dalla faretra una freccia d'oro e la brandì con orgoglio: — Dieci frecce dorate... come il pelame della cerva!

La principessa chinò la testa per nascondere le lacrime che le salivano agli occhi.

— Da bere! — tuonò Thierry.

— Giusto, abbiamo sete! — rincarò Louis.

Mentre i tre compagni correvano in sala da pranzo, la fanciulla trattenne il principe per la mano e lo trascinò sullo scalone.

— Vieni, ho un favore da chiederti.

— Tutto quello che vuoi, mia bella signora.

La baciò sul collo, seguendola fino alla loro camera.

— Voglio che tu rinunci a quella cerva — gli sussurrò lei all'orecchio.

Il principe si scostò di colpo, sbalordito.

— Ma perché?

— Sono stanca di vederti partire per giorni interi. Qui mi sento terribilmente sola, senza di te.

Lui rifletté un istante, poi la fissò negli occhi e, fattosi di colpo serio, rispose: — Molto bene. Ma a una condizione... Dovrai darmi un figlio.

Belle si svegliò. Era nella sua stanza, la stessa che aveva visto in sogno. Solo che la figura china su di lei non era il principe... ma la Bestia, che la contemplava nel sonno.

Quando aprì la bocca per gridare, la belva sparì all'istante.

Tremante, Belle si mise seduta e si guardò intorno. Nessuna traccia della Bestia.

Sul manichino, in compenso, scoprì uno splendido abito di velluto verde smeraldo interamente ricamato d'oro.

Capitolo 8

Belle esitò a lungo prima di lasciare la sua stanza, temendo di vedere la Bestia sbucare da qualche angolo buio. Ma la curiosità fu più forte della paura. E infatti, non appena si fu ripresa dalle emozioni del risveglio, uscì e si dedicò all'esplorazione della proprietà, indossando il suo nuovo abito color smeraldo. Ammirò i cespugli di fiori lussureggianti, annusò i gigli profumati, seguì con lo sguardo una coccinella che volava via...

Immaginate la sua gioia quando, svoltando su un viale, vide il suo cavallo intento a pascolare nell'erba verde e folta. Gli accarezzò il muso e gli bisbigliò all'orecchio: — Cosa ne sarà di noi, mio povero Alceste? Credevo proprio che quel mostro mi avrebbe divorata, sai? E invece minaccia di uccidere tutta la mia famiglia, se tento di fuggire. In ogni caso, non so nemmeno dove mi trovo...

Visto che il cavallo continuava a brucare tranquillo, indifferente alle sue pene, Belle si allontanò con un sospiro.

— Mangia, Alceste. Approfitta di questa buona erba.

Scorse un albero curvo e vi si arrampicò, facendo attenzione a non rovinare le gonne voluminose. Sperava di sovrastare i dintorni, da quel punto di osservazione, di vedere fin dove arrivasse la sua prigione... o magari di avvistare in lontananza la sua dolce casetta. Purtroppo, però, dovette constatare che l'oasi lussureggiante del parco era circondata da alte pareti di ghiaccio. Impossibile vedere oltre.

Belle si girò quindi verso il castello, per scrutarne la facciata e capire dove si trovava la sua camera. Alcuni corvi attorniavano gracchiando la torre più alta.

Uno scricchiolio proveniente dal basso la fece sobbalzare. Guardò giù e vide un animale che correva via, come un lampo dorato in mezzo al fogliame.

La cerva del suo sogno!

Belle scese in tutta fretta e si lanciò all'inseguimento. La cerva balzava con leggerezza lungo il dedalo dei viali... poi, d'un tratto, parve volatilizzarsi. La fanciulla si fermò, sconcertata. Un gigantesco rosaio carico di fiori di un rosso cupo si ergeva davanti a lei. Intuì che si trattava della pianta da cui suo padre aveva colto la fatidica rosa, causa di tutte le loro disgrazie. Aggirandolo, scoprì un passaggio segreto tra le radici aggrovigliate.

Belle vi entrò, trattenendo il fiato. Procedeva con cautela, facendo attenzione a non inciampare in quelle liane ritorte. Una volta al centro del cespuglio, scorse una statua, coperta da uno spesso strato di foglie morte e fiori secchi. Li scostò e portò alla luce una figura femminile che stringeva con due mani una freccia affondata nel suo petto.

Belle ne osservò il viso, che le parve stranamente familiare. Più che dolore, esprimeva una tristezza infinita.

— Siete la principessa che ho visto in sogno — mormorò.

E così Belle capì che anni, forse secoli prima, un'altra donna aveva vissuto in quel castello maledetto. Dove aveva conosciuto l'amore e... la morte.

Posando la mano sulla guancia della statua, le chiese: — Perché io? Perché turbate le mie notti?

Con il cuore colmo di angoscia, Belle corse a rifugiarsi nella sua stanza, in attesa dell'appuntamento quotidiano con il suo strano carceriere. Si gettò sul letto singhiozzando. Che triste esistenza, la sua, prigioniera della Bestia durante il giorno e ossessionata dal passato di un'altra donna durante la notte!

Lasciò che l'orologio battesse sette tocchi, incapace di decidersi a lasciare la tranquillità della sua camera. Eppure, doveva farlo...

Le sette erano passate da dieci minuti quando Belle comparve finalmente nella sala da pranzo.

La Bestia la attendeva vicino al caminetto.

La sua sagoma imponente si stagliava contro le fiamme.

— Sei in ritardo — notò con voce grave.

Belle si sedette, molto rigida nel suo abito verde smeraldo.

— Non venite mai più nella mia stanza.

— Qui sono a casa mia. Ne ho tutti i diritti.

La Bestia si mise a tavola, mettendo la sedia di sbieco in modo da non farsi fissare direttamente.

— La vedremo — ribatté la fanciulla.

La sua sicurezza sorprese la Bestia che la squadrò. Belle rimase colpita quando incrociò i suoi occhi azzurri, stranamente umani ed espressivi.

— Non guardarmi — ringhiò la Bestia, voltando in fretta la testa. — Mangia.

— Voi non mangiate?

— Non davanti a te. Non è uno spettacolo gradevole cui assistere.

Belle volle spiegare il tovagliolo, ma era un po' nervosa, così lo fece cadere. Mentre a tentoni cercava di raccoglierlo, la sua mano sfiorò una pelliccia morbidissima. Sollevò la tovaglia e scoprì le creature più straordinarie che avesse mai visto. Con quegli occhi smisurati, le lunghe orecchie e la lingua rosa, erano semplicemente adorabili. Belle rivolse loro un sorriso, poi si raddrizzò sulla sedia per chiedere, con un pizzico di insolenza: — Posso parlare o devo cenare in silenzio, come una bambina?

— È proprio quello che sei — replicò la Bestia. — Una bambina arrogante.

Belle portò un bicchiere di vino alle labbra.

— Mi piace che la gente mi creda frivola e infantile. Così...

— E terribilmente chiacchierona — aggiunse la Bestia.

Punta sul vivo, Belle rispose: — Non oserete dire che vi dispiace? Almeno riempio il silenzio.

E, dopo una breve pausa, riprese: — Stanotte ho fatto un sogno stranissimo... si svolgeva qui, solo che l'aspetto di questo posto era molto diverso. A chi appartiene il castello?

— Tutto ciò che si trova tra queste mura è mio.

— Siete una Bestia, ma parlate proprio come qualsiasi altro uomo. In definitiva, siete piuttosto deludente.

Belle si interruppe, sorpresa dalla sua stessa

audacia. La Bestia si alzò, invitandola a proseguire: — Ti deludo? Davvero? E c'è altro di me che non ti piace?

Davanti al suo silenzio, la belva insisté: — Non dici più nulla. Ti faccio tanta paura, dunque?

Uscì dall'ombra e andò a piazzarsi davanti a lei. Che visione affascinante e terrificante insieme, quello sguardo umano che brillava su un muso di bestia!

— Aspetto giorno e notte che decidiate del mio destino — si lamentò lei. — Giocate con me come se fossi un topo tra i vostri artigli...

— Se tu accettassi di lasciarti andare, potrei soddisfare ogni tuo desiderio...

Belle si alzò da tavola di scatto, ribattendo: — Pensate davvero che un essere come voi sarebbe in grado di soddisfare una donna come me?

Con un balzo felino, la Bestia saltò agilmente sul tavolo e si lanciò su di lei, rovesciando caraffe, bicchieri e candelieri, per poi fermarsi a pochi centimetri dal suo viso.

Ma Belle gli tenne testa, e le pupille della Bestia si tinsero di rosso mentre ringhiava: — Abbassa gli occhi.

La fanciulla sostenne il suo sguardo per qualche secondo prima di ubbidire.

— So quello che sono. Resisti pure quanto vuoi, un giorno sarai mia — proferì la belva.

Uno squittio terrorizzato uscì da sotto il tavolo. Le piccole creature, rannicchiate l'una contro l'altra, tremavano di paura.

Con un ruggito feroce, la Bestia si precipitò nell'oscurità.

Quando il mostro fu sparito, Belle, eretta e dignitosa, si procurò un portacandela e tornò in fretta al piano di sopra. Giunta nella sua stanza, bloccò la porta con una poltrona, poi cominciò a togliersi il vestito, borbottando: — Il modo che ha di darmi del tu e impartirmi ordini, e "Mangia," e "Non guardarmi," e "Fai questo, fai quello"... Gliele insegno io le buone maniere a quell'animale.

Saltò sul letto e riempì il guanciale di pugni rabbiosi. Si fermò di colpo, lanciando un gridolino di sorpresa.

— Cosa...?

Tra i cuscini, scoprì una bambola fatta di ramoscelli legati alla buona, con qualche ciocca bionda sulla testa.

— Questa poi... ma sono io! — esclamò, felicissima. — È il mio ritratto sputato. Che regalo meraviglioso! Mi chiedo chi mai abbia potuto farmi una bambola così carina!

Un mormorio estasiato le rispose subito: — Taaadum!

Lo sguardo della fanciulla percorse la stanza.

— Dove vi nascondete? Fatevi vedere, non vi mangio! D'accordo, adesso metto la bambola sul cassettone, così l'avrò sempre vicina.

Appiattiti sotto il letto, i Tadum, perché era così che si chiamavano quelle piccole creature, si lasciarono sfuggire qualche risatina gioiosa.

Un po' rasserenata, Belle si coricò sotto la morbida trapunta di velluto blu ricamata con un motivo di rose d'oro.

Capitolo 9

Appena Belle chiuse gli occhi, un vento soprannaturale prese a soffiare per tutto il castello, sollevando gli arazzi scoloriti, facendo tintinnare i lampadari di cristallo. Nel parco, dal grande cespuglio di rose uscì un nugolo di lucciole, scaturite dalla freccia d'oro conficcata nel cuore della statua.

Come la notte precedente, gli insetti volteggiarono sino alla finestra di Belle ed entrarono nella stanza, dove cominciarono a vorticare intorno alla fronte della fanciulla per ispirarle uno strano sogno...

Ancora una volta, Belle sognò di inseguire una cerva dorata, tutta fatta di lucciole, lungo i corridoi bui del castello. L'animale la guidò fino alla sala da ballo in cui si trovava il grande specchio dalla cornice scolpita. Belle si fermò per contemplare la scena. Dall'altra parte dello specchio, si teneva un ballo.

Dame e cavalieri abbigliati con straordinaria eleganza attorniavano la principessa e il principe. Quando quest'ultimo parlò, musici e invitati ammutolirono.

— Amici miei, oggi è un gran giorno! — annunciò, guardando con tenerezza la sua sposa. — Il nostro regno sta finalmente per avere un erede!

La corte applaudì la notizia. Subito dopo, il minuetto riprese e la giovane coppia diede inizio alle danze.

— Non sei mai stato così bello — sussurrò la principessa all'orecchio dell'amato.

— Perché non sono mai stato così felice.

— Mi raccomando, non dimenticare la tua promessa — gli ricordò lei.

— Quale?

— Di risparmiare la vita alla cerva dorata.

Nella confusione della festa, l'espressione del principe si incupì di colpo, creando uno strano contrasto con quella gioiosa dei sudditi.

Quando tornò in sé, Belle era in piedi al centro della stanza e volteggiava come una sonnambula nel chiarore dorato dell'alba. Le pareva di sentire ancora il rumore delle voci in lontananza, le ultime note del ballo. Eppure non era uscita dalla sua camera e la porta era sempre bloccata da una poltrona... Ciononostante, ora sul manichino troneggiava un meraviglioso abito di un blu cangiante, ornato di scintillanti pietre preziose!

Vestita di blu, quindi, e con i capelli legati da una fascia intrecciata dello stesso colore, Belle andò a esplorare il castello, decisa a scoprire i segreti della Bestia. Si smarrì in un labirinto di corridoi dalle pareti scrostate e ballatoi che non conducevano da nessuna parte, sempre con la vaga sensazione di essere seguita.

In una lunga galleria decorata con trofei di

caccia, credendo di sentire un rumore di passi felpati alle sue spalle, si fermò per un attimo. Il leggero fruscio si interruppe. La fanciulla decise allora di nascondersi dietro un arazzo per sorprendere chi la stava spiando. Attraverso il tessuto liso, scorse un gruppetto di Tadum che procedevano cauti, preoccupati perché non riuscivano più a vederla. Mentre li osservava, sul naso le si posò un piccolo ragno. Sobbalzò per la sorpresa e, così facendo, staccò l'arazzo dal muro.

Spaventate, le piccole creature grassocce si dispersero lanciando grida acute. Belle rise e si spolverò il vestito, pieno di ragnatele. Ma la sua risata si interruppe di colpo. Cadendo, l'arazzo aveva rivelato un passaggio segreto!

Incuriosita, la fanciulla si avviò lungo la stretta scala a chiocciola che saliva, saliva, saliva nelle tenebre... Giunta in cima ai gradini consunti, trovò una soffitta. Le strette finestre offrivano una vista panoramica della tenuta... e degli innumerevoli corvi che volteggiavano in continuazione intorno alla torre. Un semplice materasso gettato a terra fungeva da giaciglio grossolano. Belle vi distinse l'impronta di un corpo animale, alcuni peli... le tracce della Bestia, forse.

Un improvviso gracchiare attirò la sua attenzione. C'era un corvo appollaiato su un quadro coperto da un lenzuolo e appoggiato contro la parete di fondo. All'avvicinarsi di Belle, l'uccello volò via. Quando ebbe scoperto il quadro, la fanciulla rimase stupefatta: il ritratto raffigurava il principe e la principessa dei suoi sogni! Si tenevano per mano, con tenerezza. Belle non riusciva a distogliere lo sguardo dal principe. Perché aveva la strana impressione che la stesse fissando? Era pur sempre un quadro, solo un quadro, no?

Quella sera Belle fu puntuale. Prima ancora che iniziassero i rintocchi dell'orologio, si sedette nella grande sala da pranzo, pronta per la cena. Mentre aspettava la Bestia, sbucciò un'arancia e, uno spicchio alla volta, la diede ai Tadum. Uno di loro si impadronì della buccia del frutto, ne fece un fiore e glielo offrì.

— Oh! — esclamò lei. — Ma è una rosa!

Il viso della fanciulla si rabbuiò.

— Dovete aver incontrato mio padre quando era qui...

Quando risuonarono i sette colpi, le adorabili creature sparirono in un lampo sotto il tavolo. Belle si tese all'improvviso, sentendo la Bestia che si avvicinava dietro di lei.

Come una brava bambina, prese a gustare la sua minestra.

— Ti prego di scusarmi per ieri sera... — iniziò la Bestia.

Belle non rispondeva, così proseguì: — Devo ammettere che colmi un grande vuoto...

Sfiorò con gli artigli la seta blu notte.

— Sei così bella con quest'abito! Dimmi, Belle, i miei doni ti soddisfano?

La sua zampa risalì verso i riccioli dorati che ricadevano come una cascata sulla nuca della fanciulla.

— Non vuoi proprio rispondere?

Belle posò il cucchiaio sul tavolo.

— Mi mancano i miei cari.

— Dimenticali — ordinò la belva. — Non esistono più.

Lei lo fissò.

— Può darsi che voi troviate comodo relegare nell'oblio il vostro passato, ma io non vi ho rinunciato.

— Tu non sai niente di me! — si adirò la Bestia.

Belle stava per replicare, ma cambiò idea e, in tono posato, continuò: — Assolutamente niente, avete ragione. Vi propongo un affare: voi mi concedete qualche ora con la mia famiglia...

— In cambio di cosa?

Belle gli sorrise.

— In cambio di un ballo. Un valzer... e mi permetterete di rivederli.

— È un'elemosina, quella che mi fai...

— Posso condurre io, se la cosa vi spaventa — suggerì lei.

La belva arricciò le labbra scoprendo i denti in una specie di sorriso di piacere.

Belle si alzò. La Bestia le porse il braccio con il gesto elegante di un principe e la guidò così fino alla sala da ballo.

Una volta al centro di quella stanza maestosa, la Bestia rivolse alla sua compagna un inchino d'altri tempi.

Con sua grande sorpresa, Belle si avvicinò, gli prese una zampa per posarsela sul fianco, poi fece scivolare la mano nell'altra. La fanciulla ebbe un fremito al contatto con le unghie aguzze, e la Bestia fu pronta a ritrarle.

— Ballare con me non ti fa paura?

Senza rispondere, Belle lo trascinò in un valzer vorticoso.

— Lasciatevi andare, vi guido io.

Ben presto, i passi della Bestia si fecero più sicuri. Intesero l'eco di una melodia lontana, che di lì a poco risuonò sotto le dorature sbiadite. Belle chiuse gli occhi, trasportata dalla musica... e come per magia la sala da ballo ritrovò la magnificenza di un tempo. La strana coppia – Belle tra le braccia della Bestia – danzava in mezzo a una folla festante nello splendore dei lampadari di cristallo che scintillavano di mille luci. Belle fissò la Bestia negli occhi. Per la prima volta, si guardarono senza timori. Volteggiavano sempre più veloci, applauditi dagli altri ballerini. La fanciulla appoggiò la testa al torace possente della Bestia e si abbandonò finché non lo sentì mormorare in un soffio: — Belle, volete amarmi?

Lei si liberò bruscamente dalla sua stretta. L'incantesimo si era infranto. La sala da ballo tornò cupa, grigia e fredda. Sotto i lampadari spenti dai quali colava la cera rappresa, Belle dichiarò con semplicità: — Abbiamo concluso un affare. Tocca a voi rispettare la vostra promessa.

— È molto tempo che non prometto più niente a nessuno — replicò la Bestia prima di voltarle le spalle.

Guardandolo mentre si allontanava, Belle gridò: — Sfoggiate gli abiti di un principe, credete di essere un uomo, ma non siete altro che una bestia crudele e solitaria. Potete tentare di tutto, corrompermi con il lusso, ammaliarmi con la magia... ma non smetterò di trovarvi ripugnante.

La Bestia lasciò la sala barcollando e, una volta lontana dalla vista di Belle, si appoggiò alla parete, ferita nel profondo dalle sue parole sprezzanti.

Capitolo 10

Quella sera, Belle era troppo nervosa per riuscire a dormire. Mentre si girava e rigirava nel letto, sentì dei passi pesanti riecheggiare nel grande atrio.

Senza far rumore, sgattaiolò fuori dalla sua stanza e raggiunse in punta di piedi la galleria dei trofei. Nascosta dietro una statua, scorse la Bestia che, a quanto pareva, stava rientrando da una battuta di caccia con un cinghiale sulle spalle. La vide scostare l'arazzo per entrare nel passaggio segreto e la seguì a passi felpati su per la scala a chiocciola.

Giunta alla sua soffitta in cima alla torre, la belva lasciò cadere il cinghiale morto e si inginocchiò davanti al ritratto del principe e della principessa.

Si tolse gli stivali, scoprendo muscolose e unghiute zampe di leone, e si gettò sulla selvaggina con un grido feroce.

Sconvolta da quello spettacolo, Belle indietreggiò nell'ombra della scala con il cuore che le martellava nel petto e si precipitò giù per gli scalini. Superando scale e gallerie, attraversò il castello, poi il parco, senza mai smettere di correre, correre e correre più forte che poteva. Riuscì a scovare la fenditura nella roccia che conduceva all'esterno. Nell'attimo stesso in cui abbandonava il regno della Bestia, lasciandosi dietro la primavera incantata del parco per ritrovare il rigido inverno dei boschi, un ruggito di rabbia risuonò nella notte.

Nel cuore della foresta, Belle si faceva strada tra gli alberi, rallentata dalla neve alta. Alle sue spalle, i grugniti della Bestia si avvicinavano.

La fanciulla correva senza fermarsi, travolta dal terrore. Purtroppo, però, la sua fuga affannosa la portò in riva a un lago gelato che si estendeva a perdita d'occhio. Era in trappola.

Gettando un'occhiata da sopra la spalla, Belle vide la Bestia, vestita di pellicce bianche e ormai vicinissima. Per sfuggirle, non aveva altra via d'uscita che avventurarsi sul ghiaccio. Mentre avanzava a piccoli passi sulla superficie gelata, la Bestia le si gettò addosso con un balzo spettacolare, strappando con gli artigli la stoffa del suo abito. Sbilanciata, Belle cadde all'indietro, battendo con violenza la testa sul ghiaccio.

Con il pelo irto, il muso palpitante di collera, la Bestia si piegò su di lei. Il suo respiro, reso bianco dal freddo, le sfiorò il viso.

— Ora sapete cosa sono: una bestia che divora altre bestie. Ditemi ancora che mi trovate ripugnante. Ditemelo…

E visto che Belle, pietrificata dalla paura, non rispondeva, la Bestia le si avvicinò ancora di più per baciarla.

Nell'istante in cui le loro labbra erano sul punto di toccarsi, si udì uno scricchiolio minaccioso e un ventaglio di crepe si allargò intorno al corpo della fanciulla. Il ghiaccio si stava spezzando sotto il loro peso!

Belle lanciò un urlo di terrore nell'affondare sotto la superficie gelata, inghiottita dalle acque gelide e nere del lago. Tendendo gli artigli con prontezza felina, la Bestia riuscì ad afferrarla prima che fosse trascinata via dalla corrente e la issò fuori dall'acqua, tremante e intirizzita. Mentre la reggeva tra le braccia come una bambina, Belle perse conoscenza.

La Bestia rientrò velocemente al castello e depose la fanciulla svenuta sul suo letto. Gli bastò pensarlo, e le fiamme del caminetto divamparono per scaldarla. La coprì con il proprio mantello di pelliccia bianca e si inginocchiò al suo capezzale, stravolto dall'angoscia.

In preda a una sensazione di impotenza, serrò forte le zampe, lacerando la trapunta con gli artigli.

— Belle! — gemette. — Restate con me! Non mi importa se non mi amate e se dovrò sopportare questa maledizione fino alla fine dei miei giorni. Voglio soltanto continuare a vivere al vostro fianco.

Disperato, seppellì il suo muso di belva nelle lenzuola. Socchiudendo le palpebre per un istante, Belle ebbe l'impressione di vedere le sue zampe villose farsi quasi umane. Poi svenne di nuovo.

Il giorno dopo, il sole si levò inutilmente sulle terre della Bestia perché Belle era troppo debole per dedicarsi alle sue solite esplorazioni. Passò la giornata a letto, immobile. Solo il respiro leggero che sollevava appena le lenzuola dimostrava che era ancora viva.

Ed era sempre priva di sensi quando il sole tramontò. I sette colpi dell'orologio riecheggiarono nella sala da pranzo deserta. I candelieri si spensero a uno a uno, immergendo il castello nella penombra.

Nel frattempo, la Bestia misurava senza sosta il suo angusto bugigattolo in cima alla torre, tormentandosi per l'impossibilità di aiutare Belle. Cosa poteva fare per svegliarla, per strapparla all'apatia in cui era sprofondata?

Al crepuscolo, la belva scese in giardino. Sul rosaio gigantesco si stavano aprendo nuovi boccioli che spiegavano cauti i loro profumati petali di velluto. Scelse con calma la rosa più bella di tutte e la colse delicatamente.

Quando venne la notte, non riuscì più a resistere. Si introdusse nella stanza della fanciulla e si inginocchiò ancora una volta ai piedi del suo letto. La contemplò, gli occhi velati di tristezza.

Le sue grosse zampe di felino le accarezzarono la fronte con dolcezza infinita. Sotto quelle carezze, Belle batté le palpebre... e riprese conoscenza. Vedendola, la Bestia posò la rosa appena sbocciata sulla trapunta, dichiarando:
— Vi do il permesso di rivedere la vostra famiglia un'ultima volta.

Belle sollevò lo sguardo verso di lui, incredula.

— Seriamente? Non lo dite solo per tormentarmi?

— Vi concedo una giornata, non di più. Partirete all'alba.

Belle si mise seduta, ritrovando all'istante tutta la sua vivacità. Le sue guance erano tornate rosee e gli occhi avevano ripreso il loro splendore.

— Bisogna che mi prepari, allora! — disse.
— Oh, ho una fame da lupo!

Con gridolini estasiati, i Tadum si precipitarono tutti contenti nella stanza, carichi di vassoi di frutta. Ma la fretta li fece inciampare e rovesciare mele e arance, che rotolarono in ogni direzione.

La Bestia lasciò il capezzale della fanciulla e si chinò sulla vasca di ametista, poi, tornando verso di lei, ordinò: — Tendete la mano!

Belle le agitò in aria entrambe.

— Quale?

— Non lo so... non ha importanza! La sinistra...

— Non vorrete offrirmi un anello... — si stupì lei.

— Oh, state un po' zitta, per carità!

Quando Belle tese la mano sinistra, la Bestia vi depose una fialetta di cristallo, montata a pendente su una lunga collana di grani di corallo. All'interno, minuscoli punti luminosi volteggiavano nel liquido trasparente.

La belva la fissò negli occhi con improvvisa gravità.

— Conoscete i poteri di guarigione di quest'acqua. Se per disgrazia doveste ferirvi, se vi succedesse una cosa qualunque...

— Non mi succederà niente — lo interruppe la fanciulla.

— Belle... se non tornerete...

— Lo so, ci ucciderete tutti — concluse lei in tono brusco.

— No, io ne morirò — affermò la Bestia, distogliendo lo sguardo.

— Sarò qui alle sette — promise Belle.

Capitolo 11

Alle prime luci dell'alba, Belle lasciò quindi la tenuta in groppa ad Alceste. Attraversò la foresta al galoppo, il lungo mantello rosso svolazzante nel vento, i capelli trattenuti da un cerchietto lavorato come un ramo di corallo. Gli alberi si scostavano docili al suo passaggio per poi subito ricomporsi dietro di lei.

Quando giunse in vista della casetta del padre, Belle era molto commossa. Scese da cavallo con un balzo e si precipitò alla porta, ma era chiusa a chiave. Batté qualche colpo gioioso.

Nessuna risposta. Neppure un rumore...

Facendo il giro della casa, la fanciulla scoprì che qualcuno aveva barricato le finestre in fretta e furia. Il suo cuore impazzì... Cos'era successo?

Mentre si avvicinava per bussare, sobbalzò vedendo apparire un occhio tra due assi di legno.

— Chi va là? Siamo armati, vi avverto!

Com'era possibile? Jean-Baptiste, così tranquillo e pacifico, che parlava con quella voce minacciosa? Stupefatta, la fanciulla si abbassò il cappuccio e annunciò: — Sono io! Belle!

Scoppiarono grida di gioia. Sentì un rumore di mobili che venivano spostati. La porta della casa si schiuse e una mano le afferrò il polso, trascinandola velocemente all'interno. Perché mai tante precauzioni?

Belle si ritrovò di fronte ai fratelli, tutti con il fucile in mano. Tristan fu il primo a lasciare l'arma per gettarle le braccia al collo.

— Lo sapevo! Non ho mai smesso di dire loro che eri viva!

Poi toccò a Maxime e Jean-Baptiste stringerla tra le braccia.

— Sorellina carissima!

Tuttavia, Belle restituì appena i loro baci, preoccupata nel vedere la casa in quello stato: la cucina era un campo di battaglia, una cassapanca era stata spinta davanti alla porta per bloccarla, le finestre erano sbarrate.

Appese il mantello nell'ingresso.

Poi esclamò, in tono di rimprovero: — Che disordine! Questa casa si direbbe una fortezza sotto assedio! E si può sapere cosa combinate, con quelle armi?

Tristan abbassò lo sguardo, l'espressione cupa.

— Chiedilo a Maxime.

Il fratello maggiore ribatté bruscamente: — Sta' zitto! Torna alla tua postazione!

— "Alla mia postazione"? — ripeté aspro il più giovane. — Ti credi un generale, adesso?

Jean-Baptiste fece un sospiro profondo: — Oh, no! Non vorrete ricominciare!

— Smettila di prendere le sue difese! — lo apostrofò Tristan. — Hai così paura che ti sei messo a bere vino di nascosto per darti coraggio! Ti ho visto!

L'altro arrossì.

— Come sarebbe a dire? Mi dai del vigliacco?

I due alzarono i pugni, già pronti a scontrarsi, ma Belle si frappose tra i fratelli.

— Ma cosa vi prende? Siete impazziti tutti quanti?

Jean-Baptiste scosse la testa, afflitto.

— Sì, un pochino... dopo che te ne sei andata tu. Abbiamo qualche problema di soldi... E... e aspettavamo la visita di... ehm, di certi amici di Maxime.

Si girò verso il fratello, che ammirava il mantello appeso all'attaccapanni, affascinato dal fermaglio tempestato di rubini.

— Non preoccuparti, Belle. Si sistemerà tutto — la rassicurò. — Credo di aver trovato la soluzione. Sali dalle ragazze, piuttosto!

Mentre si avvicinava alla camera delle sorelle, Belle le sentì bisbigliare: — Dobbiamo scappare! — diceva Anne. — Non ho nessuna intenzione di permettere a Maxime di venderci come schiave per pagare i suoi debiti!

— Oh, non lo sopporterei — gemette Clotilde. — Essere imbarcata su una nave puzzolente in mezzo a marinai sudati...

— E obbligata a lavare le stive — rincarò la sorella.

— Dovremo solo dirgli che non sappiamo fare le pulizie e che abbiamo il mal di mare!

Quando Belle aprì piano la porta, Anne e Clotilde si acquattarono dietro il letto. La fanciulla raggiunse il centro della stanza in penombra e annunciò: — Sono tornata!

— Clotilde! — mormorò Anne, tremando dalla testa ai piedi. — Vedi quello che vedo io?

— Il fantasma di Belle che viene a tormentarci! Tutto rosso, pieno di sangue!

— Ma sono io! — protestò Belle. — Vostra sorella!

Si chinò per riuscire a vederle. Ma poiché si appiattivano ancor di più nel loro nascondiglio, Belle decise di divertirsi un po'.

Riprese quindi a parlare con voce spettrale: — Non state sognando, sorelle adorate... Sono proprio io! Sono venuta a darvi l'ultimo addio.

Anne e Clotilde indietreggiarono, terrorizzate.

— È più carina di noi anche da morta — brontolò la prima, demoralizzata.

— Guarda che abito splendido — proseguì

la seconda. — Scommetto che porta un corsetto! Le fa una vita sottilissima.

Belle si avvicinò, spalancando le braccia.

— Sappiate che non smetterò mai di amarvi!

— Anche noi — balbettò Anne. — Sarai sempre nei nostri cuori...

— Però mi ha obbligato lei a prendere la tua stanza, sai? — confessò avvilita Clotilde.

Interrompendo di colpo la sua recita, Belle saltò sulle sorelle e cominciò a fare loro il solletico.

— Come sarebbe? Brutte streghe che non siete altro!

Le due lanciarono grida di terrore.

— Oh, sapessi che paura ci hai fatto — ansimò Anne quando si fu ripresa dallo stupore.

— Sì, sei stata proprio cattiva. Per poco non svengo! — confermò Clotilde in tono di rimprovero.

Belle si sedette sul letto, molto soddisfatta di sé.

— Vi ho imbrogliate per bene! D'accordo, adesso basta scherzi! — decretò. — Vado a trovare nostro padre. Poi mi spiegherete cosa succede in questa casa.

Vedendo impallidire le sorelle, chiese: — Insomma, dov'è?

Le due si scambiarono uno sguardo imbarazzato.

Clotilde si asciugò una lacrima prima di confidarle con voce sottile: — Da quando sei partita, papino è così triste che non vuole più alzarsi.

— Non vuole nemmeno più svegliarsi — aggiunse Anne.

Con un nodo alla gola, Belle balzò in piedi e si precipitò nella stanza del padre.

Trovò il mercante a letto, al buio. Il respiro irregolare gli sollevava appena il petto.

La fanciulla si gettò sul grande letto di legno e prese la mano del padre.

— Sono io, Belle! Sono qui! Guardatemi, caro papà! Aprite gli occhi! Fatelo per me! — lo supplicò.

Ma l'uomo non si mosse, e Belle scoppiò in singhiozzi. Pianse, pianse e pianse... ma tutte le sue lacrime non servirono a nulla. Il mercante rimaneva incosciente.

Allora si rannicchiò contro di lui e, tra un singulto e l'altro, gli raccontò le sue avventure nel regno della Bestia.

— Ho capito che un tempo, secoli fa, era un principe superbo e arrogante… ma ha commesso un terribile sbaglio ed è stato trasformato in bestia.

Nascose il viso nel guanciale prima di confidargli il suo turbamento: — Mi sento smarrita, padre. Lo odio per tutto ciò che ha fatto alla nostra famiglia, eppure è così buono, così dolce con me. Quando gli sono vicina, mi sento la febbre, il cuore che batte forte… Mi sconvolge.

Nel frattempo, a pianterreno, Maxime metteva in opera il suo progetto. Staccò il mantello rosso della sorella dall'attaccapanni.

Jean-Baptiste alzò gli occhi dal suo manoscritto.

— Cosa fai? Oh, no. Non mi piace quando hai quello sguardo avido.

Con un colpo secco, Maxime strappò il fermaglio di rubini.

— Hai mai visto un gioiello con pietre di queste dimensioni? E sono sicuro che la Bestia ne ha molti di più. Ricorda i bauli che nostro padre ha portato dal castello. Su, vieni, forse abbiamo ancora la possibilità di fermare Perducas prima che arrivi qui.

Jean-Baptiste si alzò docilmente in piedi, pronto a seguire il fratello maggiore.

Inorridito, Tristan li fissò dicendo: — Non penserete...

— È la nostra unica possibilità. Risolverà tutti i problemi — si giustificò il fratello maggiore.

Il ragazzo si addossò alla porta d'ingresso con le braccia conserte.

— Uscirete da questa casa solo passando sul mio cadavere.

— Non fare il bambino! Spostati! — gli ordinò Maxime, infastidito.

— Non se ne parla — insisté l'altro.

Per farsi strada, Maxime sferrò un pugno alla mascella di Tristan. Jean-Baptiste lo prese al volo prima che cadesse e lo distese delicatamente a terra, stordito.

I due complici si affrettarono a uscire di casa. Inforcarono rapidi Alceste e partirono al galoppo verso la foresta.

Mentre cavalcavano, in un rimorso di coscienza, Jean-Baptiste disse al fratello: — Stai tradendo Belle.

— Al contrario, sto salvando tutta la famiglia — replicò Maxime. — Lei capirà.

— Ah, perché adesso saresti il nostro salvatore! — lo canzonò l'altro.

— Il tuo senso morale e la tua onestà non sono che pretesti per mascherare la tua paura. Se vuoi diventare uomo, dovrai imparare ad assumerti qualche rischio.

Giunti sul limitare della foresta, rallentarono e si fermarono. Maxime scrutava l'orizzonte.

— Perducas non tarderà ad arrivare — disse in tono nervoso. — Spero che riusciremo a intercettarlo. In teoria, è costretto a passare di qui per raggiungere la casa.

Ai due fratelli l'attesa parve interminabile. Persino Maxime, che pure era abituato a frequentare delinquenti, temeva un po' quell'incontro. Lo minacciavano da mesi, ormai, e non l'avrebbero lasciato in pace finché non avesse rimborsato i suoi debiti di gioco. Certo, aveva ingannato Belle, ma non c'era altra scelta.

Saltando a terra, Maxime sospirò.

— Probabilmente avresti preferito avere un fratello diverso da me...

Jean-Baptiste si piazzò al suo fianco e lo rassicurò: — Neanche per sogno, vecchio mio. Non preoccuparti, penso io a coprirci le spalle.

Poco dopo, sentirono urla e nitriti di cavalli che si avvicinavano. Circa dieci uomini stavano arrivando al galoppo. In testa c'era Perducas, con il viso sfregiato da una parte all'altra. Astrid, la veggente, montava in sella dietro di lui, i lunghi capelli bruni che ondeggiavano al vento.

I banditi accerchiarono immediatamente i due fratelli. Perducas si accostò con fare arrogante.

— Cosa ci fai qui, tesoruccio? Credevo che dovessimo trovarci alla tua bicocca. Guarda, i miei uomini si sono fatti belli per incontrare le tue sorelle!

Maxime si schiarì la voce prima di annunciare: — Ho un affare da proporti.

— Non c'è affare che tenga. Sono stato già fin troppo paziente.

— Ah sì? E cosa mi dici di questo? — ribatté Maxime, estraendo dal soprabito il fermaglio di rubini.

Perducas lo fissò, fischiando tra i denti: — Come luccica!

Con un movimento rapido, il mascalzone glielo strappò dalle mani.

— Viene da un castello abbandonato —

spiegò Maxime. — Io ti guido là, tu ti porti via il resto del tesoro e cancelli il mio debito.

Perducas si girò verso la sua compagna, brandendo il gioiello.

— Hai visto, Astrid? Le pietre sono dello stesso colore delle tue labbra.

Si affrettò a metterselo in tasca con un sorriso avido.

— E laggiù quanti ce ne sono, di sassolini come questi? — chiese.

— Bauli interi — garantì Maxime.

Perducas puntò il dito contro la gola del giovanotto in un gesto minaccioso.

— Ti consiglio di non deludermi, tesoruccio. È la tua ultima occasione, sai?

Deciso, Maxime ordinò: — I tuoi uomini si dispongano dietro di me e mi seguano.

A un cenno di assenso del loro capo, i banditi ubbidirono.

Diffidente, Perducas vide Maxime chinarsi e dire qualcosa all'orecchio del suo cavallo. Cosa poteva mai sussurrargli?

Sotto i suoi occhi sbalorditi, l'animale si lanciò a tutta velocità e la foresta intera gli si spalancò davanti. Gli alberi si incurvarono e i cespugli si scostarono per lasciarlo passare.

Indicando la strada percorsa da Maxime e Jean-Baptiste, già lontani, Perducas ordinò: — Andiamo, canaglie! Verso la nostra fortuna!

Capitolo 12

Nel frattempo, all'oscuro dei piani dei fratelli, Belle si era addormentata accanto a suo padre. Mentre dormiva, una lucciola uscì dalle pieghe cangianti del suo abito rosso. Svolazzò un po' nella camera, poi andò a posarsi sulla sua fronte, sprofondando di nuovo la fanciulla in uno strano sogno...

Belle correva nella foresta oscura e silenziosa sulle tracce della cerva dorata. L'animale la condusse fino allo specchio magico, stavolta incassato nella corteccia di una quercia secolare, poi lo attraversò...

Dall'altra parte dello specchio era giorno. La cerva dorata beveva tranquilla sulla riva di uno stagno. Nascosti in un boschetto, il principe e i suoi compagni di caccia la osservavano.

Eccitato nel vederla così vicina, Étienne mormorò: — Guardate quei fianchi palpitanti e quel pelame lucente.

— Riesco quasi a sentire il suo odore — rincarò Louis.

— È giunta la sua ora — dichiarò Thierry.

Ma il principe ricordò loro: — È mia, capito?

D'un tratto, il bell'animale si immobilizzò, all'erta. Poi fuggì attraverso la foresta.

Subito la muta si lanciò al suo inseguimento, in un concerto di latrati.

I cacciatori braccarono la cerva tra il rosso e l'oro degli alberi, ma il suo pelo si confondeva con i colori dell'autunno e loro faticavano moltissimo a individuarla. La inseguirono fin dentro il parco del castello, dove l'animale si ritrovò allo scoperto.

Abbandonando le redini del suo cavallo,

il principe puntò la balestra, mirò con cura e tirò. La freccia colpì la cerva in piena corsa.

L'uomo smontò di sella con un balzo, salutato dai latrati della muta e dalle grida di vittoria dei compagni. Ma mentre si avvicinava alla sua preda, pronto a infliggerle il colpo mortale, il principe si bloccò. La cerva lo fissava con i grandi occhi a mandorla, orlati di lunghe ciglia. Quello sguardo... lui lo conosceva! Quello sguardo gli era più caro di ogni cosa al mondo...

A poco a poco, la cerva assunse sembianze umane, confermando i suoi più terribili timori: si trattava della principessa, il suo tesoro, la sua vita, la sua diletta! La freccia fatale era conficcata nel suo petto, appena sopra il seno sinistro.

Il principe cadde in ginocchio, stringendo la moglie tra le braccia. Intorno a lui, i cani della muta si misero a ululare a perdifiato. I suoi compagni tentavano senza successo di calmare i loro cavalli che scalpitavano.

— No, no! È impossibile... — sussurrò il principe. — Guardami, parlami, dimmi che tutto questo non è reale.

Raccogliendo le ultime forze, la principes-

sa accarezzò il viso bagnato di lacrime del marito.

— Sono la Ninfa dei Boschi. Ho preso forma umana per conoscere quello che gli uomini chiamano amore. E ho conosciuto te, mio principe.

— Perdonami, ti prego... — singhiozzò l'uomo.

Il giorno si oscurò di colpo. Sopra di loro si andavano addensando minacciose nuvole nere. La principessa le fissò, implorando: — Padre, dio della Foresta! Risparmiate il mio sposo adorato perché ha colmato vostra figlia di un amore eterno! Padre, risparmiatelo!

E dopo aver rivolto quella supplica al cielo, rese l'ultimo respiro tra le braccia del principe.

In quell'attimo, il tempo sembrò fermarsi: pietrificati i compagni del principe sui loro cavalli impennati, pietrificata la muta ululante, pietrificati i canettieri che fuggivano, in preda al panico...

Un rombo terribile squarciò il cielo, da cui scese una voce tonante: — Per avere ucciso mia figlia, farò di te una bestia. Solo una donna potrà salvarti, ma quale donna potrà mai amarti? Che tu sia maledetto per l'eternità!

Il principe si rialzò, sgomento per il crimine che aveva commesso, atterrito per le tremende conseguenze del suo atto.

Il sangue sgorgato dalla ferita di sua moglie era penetrato nel terreno, facendo sbocciare un rosaio dai fiori scarlatti.

I sottili gambi spinosi cominciarono ad allungarsi, poi si distesero, si irrobustirono sempre di più, spiegando il loro fogliame verde e i boccioli vermigli sotto il cielo incollerito sino a formare un enorme cespuglio di rose, il più grande, il più bello mai generato dalla terra.

Allora le nubi si aprirono, rivelando un crepuscolo fiammeggiante.

Inondato da quella luce rosso sangue, il principe si irrigidì come sotto l'effetto di un dolore violento. Impotente, vide la sua pelle ricoprirsi di pelliccia, le sue dita mutarsi in artigli, il suo corpo agile trasformarsi in quello di una belva…

Il principe non era più un uomo. Era una bestia.

Belle si svegliò di soprassalto, turbata, e si portò una mano al cuore.

Avvertì sotto le dita il pendente che le aveva regalato la Bestia.

— Ma certo! Perché non ci ho pensato prima?

Tremante, si piegò verso il padre malato, tolse il tappo della fiala e gli versò tra le labbra qualche goccia del liquido magico.

Poi spiò le sue reazioni, piena di speranza.

Dopo un istante, il mercante aprì lentamente gli occhi.

— Bambina mia!

Recuperate le forze, si mise seduto e abbracciò la figlia tanto amata.

— Belle, mi sei mancata così tanto!

La fanciulla gli coprì di baci il viso rugoso, le mani incartapecorite.

— Però bisogna che vi avverta: sto per andarmene di nuovo, padre. Devo tornare là. Ma non crediate che vi abbandoni.

L'uomo la guardò con aria benevola.

— Lo so, figlia mia, non preoccuparti. Vedo che qualcosa è cambiato in te... Lo sguardo... La voce, anche...

Belle gli sorrise.

In quel momento, la porta si aprì di colpo e

comparve Tristan che si massaggiava il mento dolorante.

— Belle, hanno...

Si interruppe nel vedere il padre di nuovo cosciente.

— Padre! Padre, ma... Oh, che gioia!

E, senza aspettare, corse a cercare le sorelle.

Il mercante si allungò e prese dal comodino un fazzoletto, che spiegò con delicatezza. In mezzo c'era la rosa rubata nel parco della Bestia. I petali erano intatti, sempre rossi e vellutati.

— Ecco la rosa che ti avevo promesso e che non ho mai avuto occasione di darti.

— Conservatela voi — disse Belle, stringendogli la mano nella sua. — Così, quando la guarderete, penserete a me.

Si udirono grida di gioia, seguite da un rumore di galoppo nel corridoio.

Le due figlie più grandi del mercante irruppero nella sua stanza.

— Papino! — strillò Anne.

— Tutti questi morti che resuscitano! — esclamò Clotilde. — È il più bel giorno della mia vita!

Si gettarono su di lui per baciarlo. Belle si

unì alle effusioni. Le tre sorelle si strinsero al padre.

— Ferme! Ferme! — finse di protestare lui, mentre accarezzava i capelli di ognuna. — Mi schiacciate, pazzerelle! Sono così felice di vedervi tutte riunite...

Purtroppo, però, le cose più belle hanno una fine, e ben presto l'orologio del salotto suonò le sei.

Dopo aver salutato teneramente il padre e le sorelle, Belle si precipitò giù per la scala.

— Devo sbrigarmi! Ma... dove sono finiti i ragazzi?

Vergognoso, Tristan le tese il mantello, spiegando: — Maxime ha strappato il fermaglio e ha preso anche il cavallo. Sono partiti insieme, lui e Jean-Baptiste. Non sono riuscito a fermarli. Perdonami, Belle!

La fanciulla contemplò il mantello, combattuta tra rabbia e disperazione.

— Oh, no! Non può aver osato! Che stupido! E adesso, come faccio? Solo Alceste conosceva la strada fino al castello e devo rientrare per le sette!

— Ho cercato di impedirlo, te lo assicuro — si dispiacque Tristan. — Se vuoi, abbiamo un altro cavallo. Partendo subito, forse potremmo raggiungerli.

— So bene che tu non c'entri — lo rassicurò la sorella. — Forza, ti seguo.

Montati in sella uno dietro l'altra, Tristan e Belle partirono al galoppo. Le tracce erano ancora fresche. Giunti alla radura, videro nella neve le impronte di decine di zoccoli. Evidentemente, Jean-Baptiste e Maxime non erano soli. Si addentrarono nella foresta seguendo il loro stesso percorso, ma di lì a poco furono costretti a rallentare perché la vegetazione era sempre più folta. I cavalli avevano abbandonato il sentiero... e le loro orme si fermavano davanti a un fitto cespuglio di rovi, così compatto da essere impenetrabile. Tristan mise il cavallo al passo per aggirarlo, ma invano.

— Non potremo andare oltre. Attraversare quei rovi è impossibile. Non so proprio come abbiano fatto.

Belle si torse le mani, impotente.

— Eppure è necessario, io devo rientrare per le sette! — ripeté testardamente.

L'ansia la consumava. Era preoccupata per la Bestia. Per i suoi fratelli. Stava per succedere qualcosa di terribile, lo sentiva!

D'un tratto, vide una macchia bianca in mezzo ai rami. Allungò la mano, il cuore che le batteva forte.

— È il nastro che ho perduto quando sono andata al castello la prima volta. Non siamo molto lontani, ne sono certa!

Smontò di sella e tentò di aprirsi un varco tra i rovi. Ma le spine le si impigliavano ai capelli biondi, al bell'abito rosso, le sbarravano il passaggio. Soffocò un grido di rabbia e di dolore.

Tristan cercò di farla ragionare: — Belle, torna indietro! Non ci riuscirai! Ti farai male!

— Sì che ci riuscirò — si ostinò lei, reprimendo le lacrime.

Le mani e il viso graffiati, si trascinò fino al centro del cespuglio prima di accasciarsi a terra, sfinita, chiazza scarlatta sul bianco della neve. Con gli occhi chiusi, sussurrò: — Dio della Foresta, ascoltatemi. Lasciatemi tornare da lui. È il mio unico desiderio…

Sopra di lei, gli alberi fremettero, come agitati da un vento misterioso.

— È ciò che voglio… *più di ogni cosa al mondo*.

Rispondendo alla sua preghiera, i rovi si scostarono. L'intera foresta si aprì davanti a lei, rivelando la sua via segreta. Proprio in fondo, vide il castello della Bestia e le alte torri che emergevano dalla foschia.

Belle montò di nuovo in sella dietro Tristan, rimasto senza parole per quel miracolo.

— Ma cosa...? Come hai...?

— Al galoppo! — ordinò la fanciulla.

E il cavallo si lanciò a briglia sciolta sul sentiero incantato.

Capitolo 13

Mentre Tristan e Belle si facevano strada attraverso la foresta, Maxime e Jean-Baptiste, scortati da Perducas e dalla sua banda, entravano nelle terre della Bestia passando attraverso la fenditura nella roccia. Dalla fitta nebbia che avvolgeva il parco spuntava solo la torre più alta del castello. Gli uomini smontarono da cavallo, armati di fucili, asce e mazze.

Quando mise il piede sul terreno, Astrid

si immobilizzò di botto, colta da un profondo malessere. Tese un braccio esitante nella foschia, che fluttuò intorno a lei avviluppandola come un mantello e accarezzandole i lunghi capelli.

— Hai sentito qualcosa? — si preoccupò Perducas.

— Pericolo... un sortilegio...

— Proprio quello che ci piace! — esclamò il bandito prima di scoppiare a ridere.

Poi si girò verso i suoi uomini e ordinò: — Voi quattro setacciate il parco. Gli altri ci accompagnino al castello.

Puntò la pistola su Maxime e Jean-Baptiste.

— Prego, andate avanti, tesorucci. E non azzardatevi a piantarci in asso.

Mentre gli uomini si sparpagliavano per la tenuta, Astrid rimase indietro di qualche passo, scrutando ansiosamente i dintorni. Il suo sguardo fu attratto da uno strano scintillio che bucava la nebbia. Incuriosita, si avvicinò: la luce veniva da dentro un immenso cespuglio di rose! Penetrandovi, scoprì la statua della principessa, illuminata dalle lucciole. La freccia d'oro conficcata nel suo petto risplendeva di un insolito bagliore.

In quel momento, la voce di Perducas riecheggiò nella bruma.

— Astrid! Vieni! Non mi piace quando mi sei lontana!

Mossa da un impulso improvviso, la ragazza estrasse la freccia d'oro e corse a raggiungere il suo compagno.

Lo ritrovò sull'orlo del fossato abissale che proteggeva il castello. I delinquenti stavano tagliando un tronco d'albero da utilizzare come ariete per sfondare il portone del castello.

— Dov'eri finita, amore mio? — chiese il loro capo, incrociando stupito lo sguardo febbrile della sua amante.

— Se ti dicessi che dobbiamo andarcene subito, mi seguiresti? — bisbigliò Astrid con voce roca.

Perducas vide la freccia e volle impadronirsene.

— È oro, quello? Dammelo!

— Questa freccia ha un potere sconfinato, lo sento. Ci darà molto più che semplici ricchezze... Grazie a lei, saremo rispettati, saremo al di sopra di tutto...

Il capo dei banditi scoppiò in una risata sonora.

— Mi hai promesso montagne d'oro e adesso vorresti che mi accontentassi di questa sciocchezza? Scherzi?

— Parti con me — lo implorò Astrid, afferrandogli un braccio. — Lasciamo questo luogo al più presto, è maledetto.

Perducas si liberò dalla sua stretta.

— Cosa stai tramando? Chi mi dice che tu non voglia allontanarmi da qui solo per tornare dopo a rubarmi il mio tesoro?

La spinse indietro con tale violenza che per poco la donna non precipitò nel burrone.

Indignato, Jean-Baptiste fece un passo avanti per prendere le sue difese, ma Maxime lo trattenne, bisbigliando: — Bisticci da innamorati, non immischiarti. Lui te ne farebbe pentire.

Astrid, disperata, si inginocchiò ai piedi di Perducas.

— Se non credi più a me, ascolta almeno la profezia delle carte. L'altro giorno, alla taverna, ho visto... la morte.

— La mia o la tua? — ribatté Perducas.

— Quale preferiresti?

— Né l'una né l'altra, mio tesoro! — esclamò, addolcendosi di colpo. — E poiché tu non hai certezze al riguardo...

Sogghignò e puntò la freccia contro Jean-Baptiste, che arretrò, livido in faccia.

— ... Facciamo che stasera sia lui a morire, il tuo cavalier servente! Non sarà il primo ad aver sacrificato la vita per te, vero?

Detto questo, si infilò la freccia d'oro in uno degli alti stivali e proseguì, rivolto ai suoi uomini: — Basta con le chiacchiere. Forza, quel portone non si apre da solo!

E mentre i banditi indietreggiavano sul ponte per prendere la spinta con il loro ariete improvvisato, Perducas afferrò Astrid per il polso.

— Quando saremo nel castello, voglio che tu mi stia alle calcagna.

— Io non entro — ribatté lei. — C'è una minaccia nascosta che mi impedisce di varcare quella soglia.

I primi colpi fecero tremare il gigantesco battente di legno. Gli uomini rincularono e tornarono all'assalto, raddoppiando gli sforzi. Il portone finì per cedere e si abbatté nell'atrio con uno scricchiolio sinistro.

Trascinati dall'impeto, i banditi sfondarono anche la porta della sala da pranzo. Poi, sotto lo sguardo allibito di Maxime e Jean-Baptiste, saccheggiarono la stanza, distruggendo le statue leonine del caminetto per impadronirsi dei loro occhi di rubino, strappando le corna d'oro dei cervi, ficcando l'argenteria in grandi sacchi e gettando nel fuoco tutto quello che non interessava.

— Rimboccatevi le maniche, canaglie! — li incitò Perducas. — Dobbiamo ancora visitare i piani superiori!

I banditi lo acclamarono con urla selvagge e sollevarono sopra la testa i sacchi del bottino.

Aggrappata ai rovi del soffitto, nascosta nell'ombra, la Bestia contemplava quel saccheggio con occhi fiammeggianti.

Capitolo 14

Carichi di sacchi pesanti, i banditi uscirono dal castello gridando ai quattro venti tutta la loro gioia:
— Oro, argento, pietre preziose! Siamo ricchi come principi!

Perducas raggiunse Astrid che lo aspettava all'altro capo del ponte.

— Avevi torto. Vedi, là dentro non ci è successo niente.

Scostandole i riccioli bruni, le accarezzò il mento.

— Andiamo, sorridi. Non rovinare la festa. Ormai posso esaudire ogni tuo desiderio.

Lei gli rivolse un sorriso triste.

— Anche quello di morire al tuo fianco?

Perducas si batté le tasche piene.

— D'ora in poi, non saranno più le tue carte minacciose a decidere della nostra sorte. Sarò io!

Maxime e Jean-Baptiste seguirono i delinquenti a testa bassa mentre percorrevano a ritroso la strada per uscire dal parco.

D'un tratto, alla svolta di un viale, si alzò in volo uno stormo di uccelli spaventati. L'uomo che apriva la fila si fermò di botto, credendo di scorgere un movimento in mezzo alla foschia. In guardia, avanzò cauto di qualche passo… e ciò che scoprì tra i cespugli fioriti gli gelò il sangue nelle vene.

Dal centro esatto del prato sbucava una mano gigantesca che apriva a una a una le sue dita di granito.

Sgomento, il bandito indietreggiò, senza smettere di fissare la mostruosa apparizione. Vide la mano posare il palmo a terra per sostenersi. La terra si sollevò e lasciò uscire prima un braccio, poi una spalla mastodontica.

L'uomo lanciò un urlo terrorizzato e mollò il sacco con il bottino, seminando nell'erba oro e pietre preziose. Girò sui tacchi e balbettò: — A-a-attenti...

— Cos'ha quello da piagnucolare? — si burlò Perducas che procedeva a tentoni nella foschia.

— Un-un...

Il poveretto non ebbe il tempo di dire altro perché una mano colossale, spuntata dalla nebbia, si richiuse su di lui.

I banditi sentirono un grido straziante e, qualche istante dopo, il loro compagno cadde dal cielo. Il suo corpo penetrò a fondo nella terra friabile.

Alzando lo sguardo, Astrid vide un immenso volto di pietra che la fissava con espressione corrucciata.

Perducas imbracciò la sua arma e sparò. La pallottola mandò in frantumi il naso del gigante, che arretrò con un muggito rabbioso.

— Riducetelo in briciole! — ordinò il farabutto alla sua banda.

I banditi aprirono il fuoco, obbligando l'enorme statua a battere in ritirata.

Tutti scoppiarono a ridere, rallegrandosi della facile vittoria su quella creatura mostruosa.

Ma l'esultanza ebbe vita breve, perché la terra sotto di loro si mise a tremare e, mentre il sorriso gli si gelava sulle labbra, videro altri due giganti sorgere dal suolo.

Le statue si rizzarono in piedi, coperte di terra e radici, con i cespugli di fiori sotto i quali avevano riposato ancora sulla testa.

In mezzo a una pioggia di petali, foglie e sassi, i banditi si diedero alla fuga in ordine sparso.

Il gigante con il naso rotto, infuriato, ne schiacciò uno sotto i piedi.

Proprio in quel momento, Tristan e Belle raggiunsero i possedimenti della Bestia. Dapprima sentirono delle urla di terrore, poi attraverso la foschia, intravidero il teatro del disastro.

— Dove sono i nostri fratelli? — chiese Belle, preoccupata.

Tristan tese il dito.

— Laggiù, accanto a quel maledetto Perducas.

La fanciulla scorse Maxime e Jean-Baptiste insieme a un terzo uomo. Correvano nella nebbia, tentando di sfuggire al gigante lanciato al loro inseguimento. Aguzzando lo sguardo, individuò la Bestia. Era appollaiata sulla spalla della smisurata creatura e la conduceva come un cavallo al galoppo.

Belle riconobbe in quei tre giganti i compagni di caccia del principe, Étienne, Thierry e Louis, anch'essi vittime della maledizione. Sembravano decisissimi a eliminare gli intrusi che si erano introdotti nel loro regno.

— Li uccideranno! — gemette, in preda al panico.

E, senza più riflettere, corse in loro aiuto.

Il gigante cavalcato dalla Bestia mulinava in aria il pugno mostruoso. Colpì Maxime, che fu proiettato in avanti e ricadde di peso sull'erba. Ferito al fianco, strisciò sul terreno, alla disperata ricerca di un riparo. Jean-Baptiste lo raggiunse.

— No! Scappa! — gli ordinò Maxime. — Chiedi perdono a Belle da parte mia.

— Glielo chiederai tu stesso — replicò il fratello, caricandoselo in spalla per metterlo al sicuro dietro una fontana.

Un grido disumano fece alzare lo sguardo ai due ragazzi. Il gigante montato dalla Bestia si ergeva sopra di loro con il pugno sollevato, pronto a schiacciarli come mosche.

Belle si lanciò tra l'uno e gli altri, spalancando le braccia.

— Fermo!

La Bestia ruggì. Il colosso di pietra si bloccò all'istante, il pugno ad appena un metro dalla testa della fanciulla.

Perducas approfittò di quella tregua per gettarsi su Belle e puntarle il coltello alla gola.

— Ho idea che mi sarai molto utile, bambina mia — mormorò.

Con pochi, agili balzi, la Bestia scese lungo il braccio del gigante e si rizzò davanti al bandito, sfoderando gli artigli.

— LASCIALA!

Perducas, sbalordito nel sentirsi apostrofare da quella creatura, serrò la presa su Belle, portandola davanti a sé come uno scudo.

— Con chi ho l'onore di parlare? Sei un leone? O un grosso gatto?

— Sono quello che prosciugherà il tuo sangue fino all'ultima goccia — rispose la Bestia.

— Starei ore ad ascoltarti fare le fusa — lo canzonò Perducas. — Ma se non vuoi che sciupi la tua bella bambolina, dovrai lasciarmi andare.

Belle si dibatteva. Mentre l'altro cercava di

tenerla ferma, la sua lama la ferì. Alcune gocce di sangue caddero ai loro piedi, e subito altrettanti fiori scarlatti sbocciarono nell'erba.

Sorpreso, il bandito si fece sfuggire la prigioniera.

La Bestia si scagliò contro di lui, ma Perducas lo minacciò con il coltello.

— Assaggerai la mia lama, anim...

Senza lasciargli il tempo di finire la frase, la Bestia lo disarmò con un potente manrovescio e lo mandò a ruzzolare sul prato.

— Tu, invece, assaggerai i miei artigli.

Perducas si ritrovò alla sua mercé. Il coltello era caduto troppo lontano. Preso dal panico, incrociò lo sguardo di Astrid, e in quel momento fu colto da un'ispirazione improvvisa. Tese la mano verso la freccia d'oro infilata nello stivale. La ragazza scosse la testa con forza.

Risuonò un grido. Belle si era inginocchiata ai piedi della Bestia per implorarne la clemenza.

— Vi supplico... Ricordate il tempo in cui eravate un uomo! Risparmiate questi parassiti e permettete ai miei fratelli di andarsene. L'importante è che io sono qui. Per restare.

Quelle parole turbarono la Bestia, che ebbe un attimo di esitazione... un'incertezza fatale, perché Perducas colse l'occasione per rialzarsi e piantargli la freccia d'oro nel cuore. Belle lanciò un urlo straziante mentre la Bestia si accasciava pesantemente al suolo, incosciente.

Subito si alzò un vento impetuoso che disperse la nebbia e scoprì un sole rosso sangue. Sotto una luce da fine del mondo, Perducas, da quel ladro che era, si diede alla fuga trascinato da Astrid.

In ginocchio accanto al corpo esanime della Bestia, Belle era in preda alla disperazione. Si girò verso i fratelli: — Aiutatemi a portarlo dentro!

Nonostante la sua ferita, Maxime si alzò in piedi. Unendo gli sforzi, i tre ragazzi riuscirono a sollevare la Bestia.

Mentre attraversavano il ponte, dagli abissi del fossato salì un brontolio sinistro. Rovi contorti si allungarono sul passaggio, sbarrando loro la strada. Dovettero chinarsi per sgattaiolare sotto quelle volute irte di aculei.

Ansimanti per il peso che trasportavano, salirono lo scalone. Tutto intorno, i rosai sibilavano e si contorcevano come serpi minacciose. Animati da autentica malvagità, laceravano gli arazzi con le loro spine e stritolavano le sculture nella loro stretta funesta. Vittima di quella collera vegetale, il castello si sgretolava a poco a poco come per effetto di un terremoto. Blocchi di pietra cadevano dal soffitto a volta e si schiantavano ai loro piedi.

Ciononostante, i quattro riuscirono a raggiungere la camera di Belle. Chiusero la porta appena in tempo per evitare che vi penetrassero i rovi inferociti.

— Nella vasca di ametista, presto! — ordinò Belle.

Maxime, Jean-Baptiste e Tristan immersero la Bestia nell'acqua medicamentosa.

— Non sento più il suo respiro — gemette la fanciulla, nel panico.

Sotto la pressione delle piante inferocite, la porta cominciò a tremare.

Belle si chinò sulla Bestia, ne afferrò la camicia e la strappò. La freccia era penetrata a fondo nel torace.

Attaccando anche dall'esterno, i rovi mandarono in frantumi le vetrate della stanza.

I Tadum, rifugiatisi sotto il letto, lanciavano sottili grida di spavento. Tristan fece loro segno, nel tentativo di rassicurarli.

Pronto a difendere la sorella dai rovi, Maxime sfoderò la spada ed esclamò con veemenza: — Avanti! Coraggio, forza e determinazione...

I fratelli lo imitarono e si posizionarono davanti alla vasca, la spada sguainata come prodi cavalieri.

Tutta presa dalle condizioni della Bestia, Belle non prestava la minima attenzione al caos che la circondava. Respirò a fondo, radunò il suo coraggio ed estrasse la freccia d'oro con un colpo secco.

La Bestia schiuse lentamente le sue palpebre di belva e la fissò.

— Ci siamo persi la cena — gli fece notare Belle.

Con voce resa sorda dal dolore, la Bestia ribatté: — Lo dite come se vi dispiacesse...

— No, ce ne saranno molte altre — gli assicurò lei.

La Bestia la guardò negli occhi con il suo sguardo di un azzurro intenso e le chiese: — Pensate che avreste potuto... per rassegnazione o forse per abitudine... Pensate che alla fine avreste potuto... amarmi?

Belle si piegò e gli sussurrò all'orecchio: — Credo di amarvi già.

Una lacrima pura come cristallo le scivolò lungo la guancia e cadde nella vasca di ametista.

Una moltitudine di piccoli punti luminosi prese a turbinare intorno al corpo ferito, sprigionando una luce magica.

L'orologio cominciò a battere le sette. Il primo colpo fece tremare tutto il castello... la vibrazione si propagò fino alla stanza e oltre.

I rosai selvatici si fermarono all'istante, interrompendo la loro opera di distruzione.

E sotto lo sguardo meravigliato di Belle, la Bestia si trasformò in principe. I peli irsuti lasciarono il posto a una folta capigliatura, le zampe e gli artigli divennero mani vigorose, il corpo tarchiato di belva si assottigliò, le membra si sciolsero e il muso felino rivelò un viso raggiante d'amore, di bontà e di felicità. Solo lo sguardo di un azzurro intenso rimase com'era sempre stato, profondamente umano e sensibile.

Era proprio il principe che aveva visto nei suoi sogni: grande, forte e fiero, ma un po' meno arrogante di un tempo. Nei suoi occhi brillava ormai una dolcezza infinita. Prese la mano di Belle con gratitudine e la strinse nella sua.

Una donna aveva saputo amarlo e spezzare così la maledizione.

Con il suo amore, Belle l'aveva salvato.

Epilogo

Nella cameretta, il sole al tramonto immerge in una luce calda il letto istoriato di splendidi velieri. La giovane donna richiude delicatamente il grosso libro rilegato in pelle, sfiorando con la punta delle dita la rosa rossa incisa sulla copertina.

— Bene, la storia è finita. È ora di dormire, bambini.

Virgile, il maschietto dalle guance paffute, si raddrizza sul guanciale e protesta con vivacità: — Ma non ci hai raccontato tutto, mamma! E i cattivi? Cosa ne è stato di loro?

— Ah... Loro non hanno fatto una gran bella fine. Temo che vi spaventerebbe un po'.

— Racconta, mamma! — implora la femminuccia, i boccoli biondi che le danzano intorno al viso.

— D'accordo... I banditi non sono andati molto lontano perché i giganti di pietra gli sono crollati addosso. Quanto ad Astrid e Perducas, mentre fuggivano tenendosi per mano, la ragazza ha inciampato ed è caduta lunga distesa. Senza un attimo di esitazione, Perducas l'ha abbandonata al suo triste destino. Non si è nemmeno voltato sentendola gridare. Astrid è stata schiacciata dal pugno di granito di uno dei giganti.

— Oh... — mormora la bambina, impressionata.

— E lui? Cosa gli è successo? — insiste Virgile.

— Quando è arrivato al limitare della foresta, ha creduto di essere in salvo, così ha gettato un ultimo sguardo al castello prima di scappare... Solo che era come bloccato. I piedi non volevano più ubbidirgli. Aveva messo radici, nel vero senso della parola! Dal vestito hanno cominciato a spuntargli dei rovi che gli hanno strappato le tasche, facendo cadere i gioielli che aveva rubato. Terrorizzato, si è guardato le mani: il suo corpo si stava coprendo tutto di spine. Si è trasformato in un cespuglio umano!

Virgile sgrana gli occhi.

— Però! E le piccole creature, i Tadum?

— Quando la Bestia è tornata a essere un principe, si sono trasformati in cani. E non hanno mai più lasciato i loro padroni, sono molto fedeli.

— Scommetto che Belle e il principe si sono sposati, hanno vissuto felici e contenti e hanno avuto tanti bambini, come in tutte le fiabe — dice Fanny. — Ma i fratelli e le sorelle di Belle? Si sa cos'hanno fatto, dopo?

Amorevolmente, la madre rincalza loro le coperte, proseguendo il suo racconto: — Sono tornati a vivere in città. I fratelli hanno aperto una tipografia per pubblicare i libri di Jean-Baptiste. Le sorelle maggiori di Belle, invece, hanno sposato due gemelli di buona famiglia. Si somigliano tanto che persino le loro mogli non sono mai riuscite a distinguerli!

Virgile scoppia a ridere.

— Quindi sono rimaste insieme. E il loro padre?

La donna gli accarezza la guancia.

— Si è messo a commerciare fiori.

— Ma guarda! — esclama il bimbo. — Proprio come nonnino!

— Sì, come vostro nonno — conferma lei, posandogli un bacio sulla fronte.

Mentre si china anche su Fanny per darle un bacio, la piccola afferra il suo pendente. È una fialetta in cui vorticano minuscoli punti luminosi, montata su una lunga collana di grani di corallo.

— Mamma, questa somiglia molto alla collana di Belle...

— Tu credi?

La madre le rivolge uno sguardo malizioso, mettendosi un dito sulle labbra.

— Zitta, adesso! Buonanotte, tesori miei.

— Buonanotte, mamma, la più *Belle* di tutte le mamme — sussurrano in coro i bambini.

Dopo aver chiuso delicatamente la porta, la giovane donna scende lo scalone per raggiungere un vecchio seduto davanti alla finestra. L'uomo sta ammirando il giardino, tutto fiorito di opulente rose rosse.

— I piccoli dormono, Belle?

— Sì, padre. Direi che hanno molto apprezzato la nostra storia.

La giovane si eclissa in giardino, attorniata da una muta di cani giocherelloni come i Tadum.

Il padre sorride nel vederla abbracciare teneramente l'uomo che ama in mezzo alle rose rosse. Il vecchio è felice: ha tanta vita intorno, tante rose...

Il principe (è proprio lui!) si piega su Belle (è proprio lei!) e la bacia con passione. Mentre i due innamorati contemplano il sole che tramonta, in lontananza un campanile batte sette colpi...

Indice

CHRYSALIDE

BARBARA BARALDI
Striges – La promessa immortale

PAOLO BARBIERI
Favole degli dei
L'Inferno di Dante
L'Apocalisse

HOLLY BLACK
I segreti di Coldtown

LILY BLAKE, EVAN DAUGHERTY,
JOHN LEE HANCOCK, HOSSEIN AMINI
Biancaneve e il cacciatore

GIULIA BLASI
Siamo ancora tutti vivi

ANNE BROWN
Un bacio dagli abissi

MELVIN BURGESS
Kill all enemies

CASSANDRA CLARE
Shadowhunters – Città di ossa
Shadowhunters – Città di cenere
Shadowhunters – Città di vetro
Shadowhunters – Città degli angeli caduti
Shadowhunters – Le origini
L'angelo
Shadowhunters – Le origini
Il principe
Shadowhunters – Le origini
La principessa
Shadowhunters. Il Codice

SUZANNE COLLINS
Hunger Games
Hunger Games – Il canto della rivolta
Hunger Games – La ragazza di fuoco

KIMBERLY DERTING
Ancora un respiro

FRANCESCO FALCONI
Muses
Muses – La decima musa

GAYLE FORMAN
Per un giorno d'amore
Per un anno d'amore

LOREDANA FRESCURA, MARCO TOMATIS
Che ne sai tu dell'amore

CORNELIA FUNKE
Fearless

KAMI GARCIA, MARGARET STOHL
La diciottesima luna
La diciannovesima luna

ABBI GLINES
The Vincent Boys
The Vincent Brothers

CLAUDIA GRAY
Stargazer
Hourglass
Evernight
Fateful
Afterlife

ASIA GREENHORN
Winter
Silver

FRANCESCO GUNGUI
Mi piaci così
L'importante è adesso
Mi piaci ancora così
Pensavo di scappare con te

MICHELLE HODKIN
Chi è Mara Dyer
Io non sono Mara Dyer

TAMARA IRELAND STONE
Stay – Un amore fuori dal tempo

CHRYSALIDE

Maureen Johnson
Shades

Sarah J. Maas
Il trono di ghiaccio

Jodi Meadows
Chrysalis

Marissa Meyer
Cinder
Scarlet – Cronache lunari

Jane Nickerson
La camera di sangue

Leonardo Patrignani
Multiversum
Multiversum – Memoria

Rossella Rasulo
Mi piace vederti felice

Philip Reeve
The Hungry City

Emma Romero
Garden – Il giardino alla fine del mondo

Vanni Santoni HG
Terra ignota

Licia Troisi
Cronache del Mondo Emerso – I
Nihal della Terra del Vento
Cronache del Mondo Emerso – II
La missione di Sennar
Cronache del Mondo Emerso – III
Il talismano del potere
Cronache del Mondo Emerso
La trilogia completa
Cronache del Mondo Emerso
Le nuove avventure di Nihal a fumetti
Le creature del Mondo Emerso
Le Guerre del Mondo Emerso – I
La setta degli assassini
Le Guerre del Mondo Emerso – II
Le due guerriere
Le Guerre del Mondo Emerso – III
Un nuovo regno
Le Guerre del Mondo Emerso
La trilogia completa
Le Guerre del Mondo Emerso
Guerrieri e Creature
Leggende del Mondo Emerso – I
Il destino di Adhara
Leggende del Mondo Emerso – II
Figlia del sangue
Leggende del Mondo Emerso – III
Gli ultimi eroi
I dannati di Malva
I Regni di Nashira – I
Il sogno di Talitha
I Regni di Nashira – II
Le spade dei ribelli
I Regni di Nashira – III
Il sacrificio

CLASSICI

Charles Baudelaire
I fiori del male

Ray Bradbury
Fahrenheit 451

George Orwell
1984

Edgar Allan Poe
Racconti del terrore

William Shakespeare
Romeo e Giulietta

Oscar Wilde
Il ritratto di Dorian Gray